KATHERINE GARBERA

Una noche para amarte

Editado por Harlequin Ibérica.
Una división de HarperCollins Ibérica, S.A.
Núñez de Balboa, 56
28001 Madrid

© 2019 Katherine Garbera
© 2020 Harlequin Ibérica, una división de HarperCollins Ibérica, S.A.
Una noche para amarte, n.º 175 - 21.3.20
Título original: One Night to Risk It All
Publicada originalmente por Harlequin Enterprises, Ltd.

I.S.B.N.: 978-84-1328-858-1
Depósito legal: M-732-2020
Impreso en España por: BLACK PRINT
Fecha impresion para Argentina: 17.9.20
Distribuidor exclusivo para España: LOGISTA
Distribuidor para México: Distibuidora Intermex, S.A. de C.V.
Distribuidores para Argentina: Interior, DGP, S.A. Alvarado 2118.
Cap. Fed./Buenos Aires y Gran Buenos Aires, VACCARO HNOS.

Capítulo Uno

Íñigo Velasquez disfrutaba viviendo a toda velocidad. El más joven y posiblemente guapo de los hermanos Velasquez vivía la vida a tope. No tenía ningún interés en casarse y sentar la cabeza. Además, como piloto de Fórmula Uno se pasaba la mayor parte del año viajando, lejos de la casamentera de su madre.

Aun así, tenía que reconocerle mérito a su madre. Había que tener mucha determinación para organizar una cita a ciegas en una fiesta de fin de año que ni siquiera iba a celebrarse en su ciudad natal de Cole's Hill, en Texas. Allí en su casa, Íñigo estaba siempre a la expectativa de las maniobras de su madre, pero esa noche se encontraban al otro lado del país, en la casa de los Hamptons que tenía la madre del bebé de su hermano Alec, Scarlet O'Malley. Íñigo se había equivocado al pensar que la red de contactos de su madre no encontraría una candidata a esposa tan lejos.

Tenía que reconocerle el mérito de haber encontrado a una mujer que le resultaba interesante. Era alta, apenas unos centímetros menos que él con su metro ochenta. Su melena rubia y larga, con algunos mechones oscuros, le caía por la espalda. Llevaba un vestido camisero de un brillante color azul zafiro que hacía destacar sus ojos grises.

Su altura no era obstáculo para llevar tacones

y era, con diferencia, la mujer más atractiva de la estancia. La soltura con la que se desenvolvía entre aquellos ricachones, le hizo preguntarse quién sería.

—Mamá, esta vez te has superado —dijo cuando su madre se acercó con sendas copas de champán en cada mano.

Le dio una y la aceptó, consciente de que tendría que durarle toda la noche. Había empezado los entrenamientos para la nueva temporada y eso implicaba limitar el consumo de alcohol.

—Gracias, cariño —dijo—. Es tan solo una copa con burbujas.

—Me refería a la mujer.

—¿Qué mujer?

—¿De verdad pretendes hacerme creer que no has traído a la única mujer soltera de la fiesta? ¿Acaso quieres que la conozca por casualidad?

—Íñigo, no he invitado a nadie para que os conozcáis por casualidad. Siempre he querido que mis hijos vivieran en Texas, pero Mauricio es el único que se ha casado con una chica de Cole´s Hill. Diego vive a caballo entre Londres y Texas, y al parecer Alec va a hacer lo mismo, dividiendo su tiempo entre Nueva York y su casa. Quiero tener cerca a todos mis hijos para mimar a mis nietos.

Íñigo no acababa de creerse que fuera el único de los hermanos Velasquez que seguía soltero. Diego, su hermano mayor, se había casado con la diseñadora de joyas británica Pippa Hamilton-Hoff. Alec tenía a Scarlet y el gemelo de Alec, Mauricio, se había comprometido con su novia Hadley.

—¿Así que no ha venido para conocerme?

Su madre negó con la cabeza y empezó a reír.

—Cariño, es increíble que con ese ego tan grande que tienes te entre el casco en la cabeza.

—Ja, ja, mamá. Ambos sabemos que estás buscándome novia.

—Bueno, sí. A ver, ¿de qué chica se trata?

Íñigo señaló con la cabeza en dirección a la rubia.

Su madre dejó escapar un silbido entre los dientes.

—Es muy guapa. ¿Cómo sabes que está soltera?

Trató de mantener la calma, como si no hubiera estado preguntando por ahí para averiguar quién era. Pero su madre, que estaba observándolo, se limitó a sonreír y sacudió la cabeza.

—¿Te gusta?

—No te hagas ilusiones —le advirtió—. Tengo un gran año por delante y estoy centrado en llegar a ser el número uno.

—Lo sé, cariño, y sabes que tu padre y yo te apoyamos. Pero si te gusta, deberías acercarte y presentarte.

—Tal vez lo haga ahora que sé que no la has traído tú.

—¿Hacer qué, hijo? —preguntó su padre, apareciendo a su lado.

—Quiere ir a hablar con esa chica —explicó su madre—. Anda, acábate la copa de Íñigo. Está entrenando y no debería beber.

—Lo que digas, cielo —dijo su padre y le quitó la copa de champán a Íñigo—. ¡Vaya fiesta! Ya ha habido varias personas que me han confundido con Antonio Banderas.

Su madre le quitó la copa a su padre.

–Es evidente que has bebido demasiado si te lo has creído.

Íñigo sonrió al ver a sus padres bromeando entre ellos. Siempre que los veía juntos pensaba en relaciones. Se habían unido en una época en la que la vida era mucho más sencilla. Ahora, se vivía más rápido. No había tiempo de conocer a alguien de la forma en que se habían conocido sus padres.

Pero algún día le gustaría tener lo mismo, tal vez cuando tuviera treinta o cuarenta años, dependiendo de cómo fuera su carrera.

–¿A qué chica te refieres? –preguntó su padre, después de que su madre se fuera a saludar a uno de sus chefs favoritos de televisión.

La fiesta había congregado a mucha gente. Era la clase de acontecimiento que siempre evitaba, a menos que sus patrocinadores le obligaran a asistir.

Los únicos que conseguían apartarlos de las carreras eran los patrocinadores y la familia.

–Papá, no puedes seguir refiriéndote a las mujeres como chicas –dijo Íñigo–. Es la rubia del vestido azul que está al lado de las puertas correderas.

–No lo decía con ánimo de ofender. Para mí, tus hermanos y tú seguís siendo unos muchachos. Supongo que será la edad.

–No me vengas con esas. Si mamá o Bianca te oyeran, te verías en un gran apuro –le reprendió Íñigo.

–Lo sé. Será mejor que vuelva y busque a esa mujer que me ha confundido con Antonio Banderas.

–Yo no lo haría, a menos que quieras empezar el año enfadando a mamá.

–Tienes razón. ¿Cómo es que eres tan listo?

Íñigo no había bebido en toda la noche, al contrario que su padre, por lo que estaba mucho más lúcido.

–He salido a ti, papá.

–Por supuesto –dijo su padre, dándole una palmada en la espalda–. Me gusta esa chi…, esa mujer. ¿Ya has hablado con ella?

–Todavía no.

–¿A qué estás esperando, hijo? Está sola. Anda, ve.

Su padre señaló con la cabeza a la rubia, que justo en aquel momento miró en su dirección y vio a su padre empujándolo hacia ella. Sus miradas se cruzaron y supo que se había quedado prendado cuando la vio sonreír y hacerle un gesto con la mano.

Marielle Bisset había estado a punto de no asistir a la fiesta de aquella noche. No era un ambiente en el que se sintiera cómoda, pero su buena amiga Scarlet había insistido para que al menos hiciera acto de presencia y conociera a los representantes de algunas de las marcas con las que había estado trabajando. Scarlet había sido su mentora durante los últimos seis meses y, después de enterarse de que su amiga estaba embarazada, aquella podía ser la oportunidad que había estado esperando.

Scarlet había tomado a Mari bajo su protección después de haber pasado un mal año en el extranjero. De hecho, la consideraba algo más que una mentora. La había enseñado a aceptar sus defectos y a superar los errores del pasado para superarse y llegar a ser mejor persona.

Había estado desarrollando un canal en You-Tube con la intención de convertirse en una gurú del estilo como Scarlet, pero era consciente de que era difícil abrirse hueco en ese mundo. Aunque llevaba poco más de un año, sentía que empezaba a encontrar su sitio.

Había vuelto a la casa de sus padres en los Hamptons después de una desastrosa relación con un hombre casado que la había dejado muy afectada. Sacudió la cabeza, deseando que hubiera sido igual de fácil quitarse la mala sensación que le había quedado al descubrir que estaba casado. Se había refugiado en East Hampton la mayor parte de los últimos cinco años, entre sus viajes por el mundo y la búsqueda de respuestas sobre ella misma. Había tratado de superar sus errores a la vez que desarrollaba una estrategia para abrirse hueco en internet. El escándalo y el dolor que había causado la habían dejado destrozada.

Miró a su alrededor y sus ojos se encontraron con un tipo apuesto a quien un hombre maduro estaba animando para que fuera en su dirección.

Tenía el pelo moreno y no acababa de distinguir el color de sus ojos, por la distancia. Se parecía mucho al hombre mayor que tenía al lado y que se estaba riendo. No pudo evitar sonreírles. Seguramente fueran padre e hijo.

Cuando sus ojos se clavaron en aquel hombre, sintió un pellizco en el estómago. Hacía mucho tiempo que no sentía algo parecido. Parecía avergonzado, algo que le resultaba tierno, así que le hizo una seña con la mano y lo miró, arqueando una ceja mientras él avanzaba en su dirección.

—Parece que alguien cree que deberías conocerme —dijo ella—. Pero ¿necesitabas un empujón?

—Eh…, bueno, es mi padre. Se lo está pasando en grande —explicó, antes de emitir un gruñido—. Tampoco es que necesite que mi padre me anime a acercarme ni que suela salir de fiesta con mis padres.

Ella rio. Parecía un tipo sincero y auténtico, que no acababa de encajar en aquel entorno.

—No te preocupes, parece una persona muy divertida. No te he visto antes en ninguna fiesta de por aquí, así que supongo que eres de fuera.

—Nací y me crie en Texas. ¿Tú eres de la zona?

—Más o menos. Mis padres tienen una casa aquí. Crecí en la ciudad, pero siempre veníamos en verano.

Estaba divagando, culpa de aquellos ojos marrón chocolate. Tenía una pequeña cicatriz encima de la ceja izquierda y el mentón marcado. Sus labios eran firmes y sonreía con tanta facilidad que la hacía distraerse.

—¿De qué conoces a Scarlet? —preguntó él.

—Es algo así como mi mentora. Me está ayudando a abrirme hueco en las redes sociales.

Scarlet había sido la primera persona en tomarla en serio cuando le había contado sus planes. Su padre se sentía muy decepcionado de que no hubiera encontrado ya un marido.

Pero eso era su padre. Siempre la hacía sentirse desilusionada, no como el padre de aquel tipo que los estaba observando con una dulce sonrisa en los labios. Parecía un hombre muy agradable, aunque también cabía la posibilidad de que estuviera algo bebido, a la vista de que se dirigía hacia la barra. De hecho, recordaba haberlo visto varias veces junto a la barra.

—Tu padre es muy divertido —dijo ella.

—Es un desastre. Está muy contento de tener a todos sus hijos aquí esta noche. Es raro que coincidamos todos en Navidad.

—Qué tierno. Normalmente es a las madres a las que les hace ilusión.

—Sí. Mi madre es presentadora de noticias en un canal de Houston, así que de niños apenas estaba en casa. Era mi padre el que se encargaba de llevarnos al colegio. Los dos son personas maravillosas. Me considero afortunado porque siempre fuimos su prioridad, pero sin agobiarnos.

—Debió de ser muy bonito.

Siendo la única chica de cinco hermanos, siempre había recibido mucha atención por parte de sus padres. Su padre había sido muy sobreprotector y, al cumplir dieciocho años, la había animado a buscar un buen hombre y sentar la cabeza. Era un hombre muy anticuado en ese tipo de cosas.

—¿Qué me cuentas de ti? ¿Has venido con alguien?

—Eh, no.

—Quizá te parezca muy directo, pero me alegro de que hayas venido y espero que sigas aquí a medianoche —dijo él.

—Yo también me alegro de estar aquí contigo —replicó ella.

Lo tomó de la mano y salió con él al balcón.

El aire de la noche era frío en comparación

con el interior de la casa, pero había calentadores exteriores cada pocos metros, así que era soportable.

–¿Por qué estamos aquí fuera?

–Quiero besarte y no creo que deba hacerlo delante de tu padre.

Él sonrió. Tenía una sonrisa preciosa y aunque Marielle sabía que debía darse media vuelta y marcharse, no quería. Era Nochevieja. Podía disfrutar de una noche de diversión sin darle mayor importancia, ¿no? Un beso no haría ningún daño, ¿no?

Le olió a verano y a sol cuando inclinó la cabeza y sus labios se encontraron. Una corriente lo atravesó. ¿Sería un aviso? Le gustaba su sabor y sus labios se acoplaban perfectamente a los de ella. Su beso no fue demasiado húmedo y tampoco intentó meterle la lengua hasta la garganta como muchas mujeres solían hacer.

Ella se aferró a sus bíceps y no pudo evitar tensar los músculos. Le pareció sentir que sonreía bajo su beso. Le daba la sensación que lo encontraba divertido, lo que no le importaba, porque por primera vez en mucho tiempo estaba con una mujer con la que no tenía que fingir ser alguien que no era. Podía ser él mismo. Qué demonios, después de que su padre lo empujara hacia ella, no le había quedado más opción que ser Íñigo Velasquez, de Cole´s Hill, y no una prometedora estrella de la Fórmula Uno. Como piloto, siempre estaba obsesionado con ganar. Por una noche, quería concentrarse en ella.

Tenía una mano en su cintura e hizo fuerza

11

con los dedos cuando el beso se hizo más intenso. A lo lejos se oía a los invitados a la fiesta haciendo la cuenta atrás.

Él se apartó.

—El último beso del año. También quiero que me des el primero del nuevo año.

—Por eso te traje aquí fuera —dijo ella, echando la cabeza hacia atrás para mirarlo.

Su melena rubia cayó sobre su hombro e Íñigo ensortijó un mechón de pelo entre sus dedos. Era más fino y suave de lo que esperaba.

Cuando oyó los gritos de «¡feliz año nuevo!», se inclinó y la besó suavemente en los labios.

—Feliz año nuevo.

Ella volvió a besarlo, pero no fue uno de aquellos besos tentativos como los de él, sino arrebatador. La rodeó por la cintura y la estrechó entre sus brazos. Disfrutaba sintiendo sus pechos contra el suyo y sus caderas acopladas a las suyas. Cuando notó que tiraba de su lengua para llevarla al fondo de su boca, la atrajo por la parte baja de la espalda.

Sintió que la maquinaria se le ponía en marcha y supo que iba a pasar de cero a cien con aquella mujer en nanosegundos. Pero estaban en público, en una fiesta en la que también estaban sus padres.

Dio un paso atrás sin dejar de sujetarla por la cintura. Ella lo miró, con un rubor en las mejillas y el cuello y la respiración entrecortada.

—¿Qué ocurre?

—Creo que deberíamos irnos de aquí antes de que perdamos el control de estos besos.

—¿Estamos perdiendo el control? —bromeó

ella, deslizando un dedo por su cuello hasta las solapas del esmoquin.

Un estremecimiento de puro deleite sexual lo recorrió.

Estaba a punto de mandarlo todo al infierno y llevársela a un rincón apartado del balcón, detrás de un enorme abeto. Pero no estaba en una ciudad de paso después de una carrera. Aquella era la casa de su cuñada, allí donde tenía familia y amigos, y tenía que ser discreto.

Pero entonces ella se acercó a él, lo rodeó por los hombros y le hizo olvidarse de todo excepto de las sensaciones que le provocaba su boca junto a la suya. Su sabor era adictivo y tenía la sensación de que nunca quedaría saciado.

Deslizó la mano por su espalda. El tejido de raso de su vestido era suave, pero no tanto como su piel. Se aferró a su trasero con ambas manos y la levantó del suelo. Ella jadeó desde lo más profundo de su garganta e Íñigo sintió que sus motores se ponían en marcha.

Sí, lo había puesto a la máxima potencia. Era justo lo que necesitaba esa noche. Tal vez fuera la razón de que hubiera cedido a la insistencia de su familia de que fuera. Necesitaba aquella clase de diversión, alguien que tuviera sus propios motivos para estar allí aunque fuera tan solo para hacer una muesca más en su lista de conquistas.

Simplemente dos personas entre las que existía una fuerte atracción y que se deseaban.

Había pasado mucho tiempo desde la última vez, algo más de un año. Le gustaba el sexo, pero las mujeres eran una distracción y él había estado concentrado en la competición. Al fin y al cabo, iba a ser tan solo una noche, un regalo de año nuevo.

–¿Íñigo, estás aquí fuera? Mamá quiere felicitarte el año –dijo su hermana, llamándolo desde la puerta.

Rompió el beso y se asomó para ver a su hermana, decidido a hacerla volver dentro.

–Enseguida voy, Bia. Dile a mamá que le dé otro beso a papá. Lo necesita.

–Es él el que me ha mandado a buscarte. Mamá no quiere irse hasta que nos haya dado un beso a todos.

Oyó que la mujer que tenía detrás se reía y volvió a su lado. Se estaba secando los labios con un dedo y supuso que debía de tener la boca manchada de carmín.

–Anda, ve. Nos veremos dentro.

Íñigo asintió con la cabeza y se marchó. Lo último que le apetecía era pasar el rato con sus padres, pero sabía que les gustaba cumplir con las tradiciones navideñas.

Bianca lo tomó del brazo y apoyó la cabeza en su hombro.

–Siento haber tenido que separarte de tu dama. Creo que papá me ha enviado porque sabía que los chicos se burlarían de ti.

–Seguramente, gracias.

–Bueno, ¿y quién es ella?

–Vaya, no le he preguntado el nombre –contestó sacudiendo la cabeza.

–Así que fuiste directamente a besarla –bromeó Bianca.

–Algo así –dijo al llegar junto a sus padres.

Los abrazó a ambos y les felicitó el año nuevo.

–Feliz año nuevo, Íñigo –dijo su padre, devolviéndole el abrazo–. Se ve que mi intuición no se equivocaba respecto a ti y esa joven.

–Papá...

Su padre era menos insistente que su madre, pero ambos deseaban que encontrara a alguien con quien sentar la cabeza.

–Me alegro de verte tan sonriente –dijo su padre.

–Yo también –admitió.

Luego le dio las buenas noches a su familia y se fue a buscar a la atractiva rubia con la que se había estado besando.

–No me agrada tentar a la suerte, pero ¿quieres venir a mi habitación?

–Sí.

Capítulo Dos

La suite que le habían asignado en el complejo Maison de Houblon de los O´Malley estaba en el pabellón de invitados junto a la piscina. Tenía una amplia estancia con cocina y salón, y un dormitorio con puertas de cristal correderas que daban al océano. Pero esa noche, estaba más interesado en el paisaje que tenía entre sus brazos.

–Ni siquiera sé cómo te llamas –dijo.

–Marielle. ¿Y tú? –preguntó ella.

Sus palabras tenían un tono cantarín, un ligero acento del que no se había percatado hasta ese momento.

–Íñigo.

Ella se echó hacia atrás y se quedó mirándolo.

–Íñigo.

Repitió su nombre lentamente y a él le gustó cómo sonaba en sus labios.

–Sí, señora.

–¿Señora? ¿Así habláis los de Texas? –preguntó ella guiñando un ojo.

–Te seré sincero: no se te va a olvidar que soy texano.

Por mucho tiempo que pasara con los italianos propietarios de Moretti Motors o por mucho que viajara por el mundo, en el fondo seguía siendo todo un texano. Llevaba trajes de marca y zapatos hechos a medida en todos los actos con prensa a los que asistía, pero en su tiempo libre, prefería los vaqueros y las botas.

–Bien, no me gustaría que dejaras de ser tú mismo –dijo, deslizando la mano por su pecho.

Íñigo sintió el calor de sus dedos a través de la camisa que llevaba.

–No tengo esa habilidad. De hecho, mi jefe siempre me dice que espere cinco minutos antes de contestar.

–¿Por qué?

–No pierde la esperanza de que muestre un poco de sentido común –admitió Íñigo.

–¿Y alguna vez lo haces? –preguntó, acariciándole el labio inferior con un dedo.

Su caricia le provocó un escalofrío en la espalda y sintió que su erección crecía. La tomó de las caderas para atraerla hacia él y la sujetó con fuerza.

–No.

Marielle rio echando la cabeza hacia atrás y atrayendo su atención. Deseaba hacerla suya. Ahogó el sonido de su risa con un beso y se sintió vivo por primera vez en mucho tiempo. Ya se detendría a pensar en esa sensación más tarde, pero era consciente de que estaba abrazando a alguien especial, alguien que le estaba haciendo darse cuenta de que había vida más allá de las pistas.

Sintió sus manos entre ellos moviéndose con agilidad mientras le desabrochaba los botones de la camisa. Luego la levantó del suelo y fue caminando de espaldas hasta que se dio con la cama y se sentó. Marielle se quedó de pie entre sus piernas separadas y apoyó las manos en sus hombros.

–Vas un poco rápido, ¿no? –preguntó ella en tono provocador.

–Me conocen por mi velocidad. Y nunca nadie se ha quejado.

Ella rio, echando la cabeza hacia atrás.

–¿Alguna vez te has quedado lo suficiente para saberlo, Fittipaldi?

–Sí. No soy un tipo de aquí te pillo, aquí te mato.

Hacía mucho tiempo que no se reía así con nadie. La rodeó con los brazos y la estrechó, arrugando el vestido de raso. Quería deleitarse con aquella sensación de ligereza, como si no hubiera nada más que diversión junto a aquella mujer.

–¿A qué viene esto?

–Hace tiempo que no me reía tanto –respondió él–. Gracias.

–De nada –replicó ella, pasándole las manos por el pelo y obligándole a echar la cabeza hacia atrás y mirarla–. Eres diferente.

–Eso dicen –murmuró.

Marielle unió sus labios a los suyos. Sus lenguas se encontraron y se acariciaron.

Sabía muy bien. Lo había notado la primera vez que se habían besado, y le resultaba difícil olvidarlo. Ansiaba más. Si flirtear con ella le hacía sentirse así de bien, tal vez tuviera que saltarse su regla de mantener el celibato durante la temporada de carreras y seguir viéndola.

Tomó su rostro entre las manos y el colchón se hundió al apoyar una rodilla para colocarse a horcajadas sobre él. Íñigo se dejó caer en la cama y con los brazos alrededor de su cintura, tiró de ella para arrastrarla con él. Le agradaba la sensación de sentirla pegada a él desde los hombros hasta la cintura.

Le acarició la espalda de arriba abajo, y luego la agarró con fuerza por el trasero cuando el beso se volvió más apasionado. Aunque había bromeado acerca de que fuera conocido por su velocidad, nunca le había gustado precipitarse en el sexo. Y parecía que a ella tampoco. Se tomaba su tiempo para explorar su boca y sus delicados movimientos le hacían desear que ambos estuvieran desnudos, pero era incapaz de dejar de besarla para quitarse la ropa.

Marielle rodeó con el dedo su oreja y fue bajando por un lado de su cuello, lo que le hizo sentirse tan caliente y excitado que le parecía que estaba a punto de estallar.

Puso las manos en sus muslos. Sus piernas eran firmes y su piel suave. Como no llevaba medias, estaba en contacto directo con su piel desnuda, así que extendió los dedos y apretó.

Ella acercó sus piernas a las de él al sentir que deslizaba un dedo por la parte posterior de su muslo y murmuró algo junto a sus labios, pero Iñigo no entendió sus palabras, solo el tono sensual de su voz. Luego, siguió con la boca el mismo camino descendente de su dedo por su cuello. Al abrirse la camisa, siguió bajando por su cuerpo.

Él le subió el vestido hasta la cintura y se encontró con que llevaba un diminuto tanga negro. Ella aprovechó para quitarse los tacones y volvió a sentarse, sin dejar de contemplar su cuerpo. Iñigo hacía una intensa rutina de ejercicios para mantenerse en forma. Otros atletas no siempre seguían la misma disciplina que los pilotos.

A Marielle parecía gustarle su pecho musculoso. Le bajó la camisa por los hombros y él se irguió, quitándose primero una manga y luego la otra. Tenía un tatuaje en la cara interna del brazo izquierdo en el que se leía: *Si todo está bajo control, es que no vas deprisa*. Ella acarició el tatuaje y lo miró arqueando una ceja.

−¿Tienes todo bajo control? −preguntó.

−No −respondió, enroscando un mechón de su larga melena rubia en su mano y tirando de ella para atraer su boca.

No quería hablar, ni siquiera pensar en las carreras en aquel momento. Su rendimiento en las pistas había ido mejorando y estaba convencido de que se debía en gran parte a que había dejado de salir con mujeres. Pero esa noche no quería pensar en ello. Había pasado mucho tiempo, estaba a gusto con ella y era año nuevo.

Marielle deslizó la mano entre ellos y la apoyó en su pecho. Extendió los dedos y sus uñas lo arañaron ligeramente. Él se estremeció y sintió que su erección crecía aún más. Ella empujó las caderas hacia delante, rozando con su sexo la punta de su miembro.

Íñigo dejó escapar un gruñido y la buscó con las caderas. Aquello iba a ser más difícil de lo que pensaba. Hacía mucho tiempo que no tenía una mujer entre los brazos y su cuerpo parecía haber puesto el piloto automático, como cuando iba por la última vuelta y veía la línea de meta. Metió la mano entre sus cuerpos con intención de liberarse, sacar un preservativo y hundirse en ella.

Pero sus dedos rozaron su ropa interior y sintió su calor. Ella emitió un jadeo al notar su roce en aquel rincón íntimo e Íñigo giró la mano y deslizó la punta de un dedo entre sus piernas. Marielle separó más las piernas y él se echó hacia atrás para hacer sitio y que su dedo recorriera el borde del tanga antes de deslizarlo por debajo y acariciarla. Le separó los pliegues y rozó suavemente su clítoris. Ella jadeó y le clavó las uñas en el pecho, a la vez que él tiraba de su pelo para atraerla y unir sus bocas.

La besó y continuó estimulándola, mientras ella sacudía las caderas. Luego, se apartó de él, se quitó el vestido por la cabeza y lo arrojó detrás de ellos.

Íñigo se quedó contemplando sus pechos, pequeños y desnudos, y su cintura fina. Ella deslizó la mano, le desabrochó el cinturón y lentamente le bajó la cremallera.

—Quiero verte desnudo —dijo ella.

—Yo también. ¿Tomas la píldora?

—Por supuesto, no me gusta correr riesgos.

—A mí tampoco.

Marielle se levantó de su regazo y él se bajó los pantalones y los calzoncillos. Cuando se quedó desnudo, ella ya lo estaba. Tenía el cuerpo de una mujer de verdad, no de una modelo. Aunque sus piernas no eran especialmente largas, le parecieron preciosas. Tenía una mancha de nacimiento en el lado izquierdo y no pudo evitar acariciársela. Luego deslizó la mano por su ombligo mientras que con la otra la atrajo entre sus brazos.

Ella se echó sobre él y rodaron hasta que Íñigo se colocó encima. Después, lo tomó por la cintura y deslizó las manos hacia arriba por sus costados. No estaba seguro de cuántas caricias más iba a poder soportar sin correrse en su vientre. No era así como quería que terminara aquello, por lo que

21

la tomó de las manos y le colocó los brazos por encima de la cabeza.

A continuación la miró con atención para comprobar que no le molestaba y ella le guiñó el ojo.

–Quizá luego te deje atarme.

Solo de pensarlo empujó con las caderas y se limitó a asentir. No encontraba palabras en aquel momento. La sujetó por las muñecas con una mano y fue bajando con el índice de la otra por su cuerpo, empezando por su frente. Tenía una nariz respingona y no pudo evitar besarla. Después continuó por sus labios, su cuello y la curva de cada uno de sus pechos. Tomó en su boca uno de sus pezones mientras acariciaba el otro con los dedos.

Siguió bajando y se entretuvo jugueteando con la lengua en su ombligo. La sintió arquearse debajo de él mientras continuaba su camino descendente. Pasó su dedo por la entrada de su cuerpo antes de volver a detenerse en su clítoris. Marielle se retorció contra él y separó más las piernas al sentir que seguía bajando. Íñigo deseaba, necesitaba saborearla. Le soltó las manos, convencido de que tenía el control y de que todo iría bien.

Se equivocaba.

Sabía mejor que cualquier otra cosa que hubiera probado y era incapaz de saciarse. La acarició con la lengua antes de devorar con la boca la parte más íntima de su cuerpo. Ella clavó las manos en su pelo y le sujetó la cabeza mientras empujaba con las caderas hacia él.

Se sacudió contra él una y otra vez, y gritó su nombre mientras el orgasmo la asaltaba.

Íñigo levantó la cabeza y la miró desde abajo.

Había echado la cabeza hacia atrás y su pecho subía y bajaba al ritmo de su respiración pesada. Sus caderas seguían sacudiéndose suavemente, y supo que jamás olvidaría aquella estampa. Volvió a subir, rozando con el pecho su pubis, su vientre y sus senos. Sostuvo su peso colocando las manos a ambos lados de sus hombros. Ella abrió los ojos y clavó su mirada gris en él.

–Hola –dijo ella.

–Hola.

Lo tomó por los hombros y se incorporó para hablarle al oído.

–¿Vas a follarme ahora?

Íñigo empujó con las caderas y su miembro erecto encontró su entrada. La miró a los ojos y se inclinó para besarla, dándole a probar de sus labios su propio sabor.

–Sí –dijo junto a sus labios.

Luego apartó las caderas antes de hundirse profundamente en ella.

Estaba tensa al penetrarla y esperó a que se ajustara a él. Marielle lo rodeó con las piernas por la cintura y se incorporó para sentir su pecho rozándole los pezones erectos con cada embestida. Íñigo quería llevarla de nuevo al clímax, pero estando dentro de ella, se sentía tan atrapado como cuando estaba en la cabina de su coche de carreras: no había forma de parar. El semáforo se había puesto en verde y solo tenía un objetivo en la cabeza.

Siguió embistiéndola con fuerza una y otra vez, y sintió aquella sensación en su espalda, preludio de que estaba muy cerca de alcanzar el orgasmo. Deslizó la mano entre sus cuerpos y le acarició el clítoris. Ella se arqueó y clavó las uñas en sus hombros.

—Íñigo —gritó.

Al oír su nombre en sus labios se desencadenó su orgasmo y siguió penetrándola hasta que se vació. Ella se arqueó repetidamente y cuando se quedaron inmóviles, Íñigo rodó y se quedó tumbado de espaldas junto a ella.

El aire de la habitación se sentía fresco en comparación con el calor que transmitía el cuerpo que tenía al lado. Estaba deseando volver a hundirse en ella y al volverse para mirarla, se encontró con que lo estaba observando.

—¿Te ha parecido lo suficientemente lento? —preguntó con ironía.

—Sí, Fittipaldi, has estado perfecto —respondió y se incorporó para darle un beso—. ¿Quieres ducharte conmigo?

Salió corriendo al baño y él se quedó mirando el techo. Su madre siempre decía que el destino ponía a la gente en su camino cuando se suponía que debían estar allí. En aquel momento estaba luchando para no considerar aquello más que una aventura de Nochevieja.

Era para lo único para lo que tenía tiempo, pero había algo en Marielle que lo hacía sentirse más fuerte, como si pudiera conquistar cualquier cosa.

Quizá fuera porque hacía más de un año que no se acostaba con ninguna mujer, pero no estaba del todo convencido.

—¿Vienes? —preguntó ella, asomándose desde la puerta del cuarto de baño.

—Sí, señora —replicó, saliendo de la cama de un salto.

Parecía que fuera ella lo que realmente le interesaba, y no simplemente el sexo. Claro que una noche no iba a cambiar su vida así de repente. Su madre era una fiel creyente en el destino, pero él no tenía tan claro que influyera en su vida.

Se duchó con Marielle, tomándose su tiempo para enjabonarla y explorar todos los rincones de su cuerpo que pudieran habérsele escapado cuando le había hecho el amor. Volvieron a hacerlo en la ducha, y después de secarse, se acurrucaron en la gran cama del pabellón de invitados. La estrechó entre sus brazos mientras la observaba dormir. Todo cambiaría al día siguiente. Las vacaciones no terminaban oficialmente hasta el dos de enero, pero tenía una sesión en el simulador y, si aquel iba a ser el año en el que destronara al campeón del momento, entonces esa noche iba a ser la única que tuviera con ella.

Miró la hora en el reloj y la abrazó, imaginando que todo era diferente, pero por mucho que disfrutara teniéndola entre sus brazos, esperaba más de la vida. Quería el título de campeón y aquellas emociones que había despertado en él, lo distraerían de su meta, algo que no podía permitirse.

Además, si estaban destinados a estar juntos, entonces volvería a aparecer en su vida en cualquier otro momento.

Se quedó dormido poco antes del amanecer y se despertó cuando la alarma saltó a las diez de la mañana. Marielle se dio la vuelta y lo miró. Tenía el pelo revuelto.

–¿Por qué ha saltado la alarma?

–Tengo que reunirme con mi familia para desayunar. ¿Quieres venir conmigo y conocerlos? –preguntó–. Estará Scarlet.

–Creo que sí. Será mejor que vaya a buscar mi bolso de viaje al coche y me cambie de vestido.

–¿Por qué tienes una bolso de viaje en el coche?

–Por si acaso. Me gusta estar preparada. Si estoy demasiado cansada para conducir, siempre puedo quedarme en casa de Scarlet.

Salió de la cama y se estiró antes de ponerse el vestido.

–Me gusta ese vestido –dijo él.

–A mí también, pero es de noche.

–Estoy de acuerdo. ¿Qué coche es el tuyo? Iré a por tu bolso.

Se lo dijo y él se fue a buscarlo.

Se vistieron juntos, entre risas. La deseaba otra vez, pero no quería sucumbir al deseo, así que se obligó a conformarse con un beso y la tomó de la mano mientras se dirigían a la casa principal. Al entrar, la bienvenida que recibieron no fue especialmente cálida.

–Oh, Dios mío, ¿quién la ha invitado? –preguntó Bianca, poniéndose de pie al verlos entrar en el gran salón.

Había una nota de furia en su voz. Al principio, Íñigo no sabía a quién se estaba refiriendo, pero enseguida se dio cuenta de que estaba mirando a Marielle.

–¿Qué esta pasando? –preguntó a su hermana.

–Eso debería preguntártelo yo. ¿Qué estás haciendo con la amante de José?

Capítulo Tres

Bianca… ¿La exesposa de José estaba allí? Hacía más de cinco años que no había visto a aquella mujer y le había costado mucho apartar de su cabeza aquel día. El momento en el que había descubierto que su amante estaba casado había sido el peor día de su vida. Al ver a Bianca en aquel momento, la misma culpabilidad y vergüenza volvieron a asaltarla. En los ojos de aquella mujer embarazada brillaba algo muy parecido al odio, y por la expresión de Íñigo supo que no se alegraba de que tuviera aquella conexión con su familia.

Lo cierto era que no había sabido quién era Íñigo al acostarse con él, pero al verlo en aquel momento cerca de Bianca, todas las piezas encajaron. Era evidente que eran familia. Entonces recordó vagamente que José había mencionado que tenía un protegido que llegaría lejos en la Fórmula Uno. ¿Sería Íñigo?

—Creo que debería irme —dijo.

—Sí, creo que es una buena idea —afirmó Bianca—. Además, ¿quién te ha invitado?

—Soy amiga de Scarlet —respondió Marielle.

Era consciente de que aquella mujer tenía motivos para estar molesta con ella, pero no era la única culpable. José le había dicho a Marielle que estaba divorciado y ella había sido tan tonta como para creerlo. Enseguida se había dado cuenta de que aquella no había sido la única mentira después de pillarlo con otra mujer en la cama, una mujer a la que llevaba años viendo. Se había sentido como una estúpida, enamorándose del marido de otra mujer. Al ver a Bianca, se despertaron en ella todos aquellos sentimientos de autodesprecio.

–Scarlet es mi cuñada –replicó Bianca.

–Sinceramente, no tenía ni idea de que ibas a estar aquí. Esa parte de mi vida hace años que acabó y no me siento orgullosa de mi papel en lo que estaba pasando en tu matrimonio.

Los padres de Íñigo entraron en la estancia, seguidos de Scarlet y su secretaria, Billie Sampson. Marielle miró a su amiga, cuyo embarazo era evidente. Parecía adormilada.

–Scarlet, gracias por invitarme anoche. Siento tener que irme corriendo. Ya te llamaré más tarde –dijo Marielle saliendo del salón.

Íñigo no hizo amago de seguirla. Probablemente fuera lo mejor. Se había divertido con él la noche anterior, justo lo que necesitaba para distraerse de sus problemas. Claro que ninguno de los dos buscaba que aquel fuera el inicio de una relación.

Sabía que todo había acabado. Aquel era el hermano de la mujer con cuyo marido se había acostado y no podía tener una relación con él, aunque tampoco era su intención.

Su madre siempre decía que se recogía lo que se sembraba y no le cabía ninguna duda de que aquella cosecha estaba putrefacta. Pero aquel problema se lo había buscado. Cada vez que recordaba a la joven que había sido con veintiún años se estremecía. Había sido muy frívola. Había estado tan ofuscada con su propio placer y su vida que había sido incapaz de ver más allá de las mentiras de José y darse cuenta del daño que le estaba causando a su familia. Tampoco a los veintiséis era mucho más sensata, pero al menos sabía más de hombres, o al menos eso pensaba.

«Nada de aventuras con hombres de los que no sepa su apellido. Sí, esta va a ser la norma que voy a incluir en este nuevo año», pensó.

El motor de su Corvette rugió al ponerse en marcha. Dio marcha atrás y salió del camino de grava. Quería alejarse de la casa y de toda la gente que estaba en su interior. No existía coche lo suficientemente rápido para huir de sí misma.

No había sido culpa suya. ¿Cómo demonios iba a saber que iba a acabar en una fiesta con la exesposa de José? Nunca se había imaginado que algo así pudiera pasar. Había seguido las enseñanzas de un gurú, que le había aconsejado que escribiera una carta disculpándose. El gurú le había dicho que así se ganaría el perdón del universo.

Marielle pensó que iba a tener que pedir que le devolvieran el dinero, porque lo único que podía ver mientras avanzaba por la carretera era la expresión de Bianca cuando la había reconocido. En su rostro no había nada parecido al perdón.

Tomó el camino que llevaba a la mansión de su familia, aminoró la velocidad y buscó a tientas en el parasol el mando para abrir la puerta del garaje. Aparcó el Corvette al lado del Porsche de su padre y se quedó allí sentada unos minutos, al borde de las lágrimas.

Respiró hondo mientras sacaba el teléfono

de su bolso y buscaba la aplicación para meditar que le había regalado su hermano por Navidad. La abrió y cerró los ojos. Luego escuchó aquella voz tranquilizadora y se imaginó que el calor que sentía en las mejillas era por el rayo de sol del que estaba hablando el locutor y no las lágrimas.

Pero en su corazón sabía perfectamente cuál era la verdad. A pesar del tiempo transcurrido, seguía sin perdonarse los errores cometidos. Gracias a Dios que no se había encontrado con el hijo de José, aquel niño del que su madre estaba embarazada cuando le había estado diciendo que ella era su alma gemela. Si hubiera sido más madura...

«O no tan idiota», pensó.

Aquello no estaba funcionando. Se pasó la mano por la cara y apagó el motor antes de salir del coche. Se quedó quieta unos segundos y le olió a cigarrillos. Al levantar la vista, vio a Darian, su hermano mayor, allí parado, observándola.

—No te estaba espiando, tan solo estaba dándote espacio.

—Gracias.

Se acercó a él y le quitó el cigarrillo de la mano. Luego lo tiró al suelo y lo apagó de un pisotón.

—Se supone que lo estás dejando.

—Y así es. No he dado ninguna calada, tan solo lo estaba sujetando —replicó—. ¿Te pasa algo?

—Esta mañana me he encontrado con un error de mi pasado. Me ha afectado más de lo que hubiera imaginado.

—¿Por qué? Ya no eres la misma mujer.

«¿Por qué?».

Se encogió de hombros, pero en su mente se

formó el rostro de Íñigo. Le gustaba. Había sido divertido y le había hecho sentirse a gusto.

–¿Qué estabas haciendo con ella? –preguntó Bianca observando junto a Íñigo cómo Marielle se alejaba.

–Esa es la mujer de la que te hablé anoche –contestó, tratando de unir las dos imágenes que tenía en su cabeza.

Siempre había pensado que la amante de José debía de ser fría y calculadora. Aunque nunca había visto a su cuñado con la mujer en cuestión, siempre había dado por sentado que había manipulado a José para tener aquella aventura. José siempre había sido su ídolo. De pequeño había querido ser como él. Pero aquello...

Marielle no parecía el tipo de mujer que... ¿Que qué? ¿Que engañaría, que se acostaría con un hombre? Lo había pasado bien con ella. Había sido incapaz de pensar en otra cosa que no fuera la atracción que había entre ellos. Con ella, había puesto fin a un año de celibato, pero era tan sexy y atractiva que había vuelto a querer poseerla aquella mañana. Tal vez eso había sido lo que había provocado que José engañara a su esposa.

–¿Ella? ¿No podías haber elegido a otra? –preguntó Bianca.

Íñigo sintió que el corazón se le partía al oír el dolor y la humillación en la voz de su hermana.

–No tenía ni idea de que era ella, Bianca.

–Está bien, pero no quiero volver a verla.

En aquel momento, Derek Caruthers entró en la habitación y se dirigió presuroso a su esposa.

–Bianca, ¿estás bien? Siento no haber estado aquí contigo.

–No pasa nada. Me alegro de que nos vayamos esta mañana. Estoy deseando llegar a casa. Nunca pensé que volvería a verla.

–Lo siento –intervino Scarlet–. No sabía que os conocierais ni en qué circunstancias. ¿Tú lo sabías?

Se volvió hacia Alec, su marido, que la rodeó con su brazo y la estrechó contra él.

–Claro que sabía que había tenido una aventura con Marielle. No sabía que la conocieras.

Íñigo salió de la habitación. Estaba enfadado. Todas las emociones que había sentido cuando José había muerto y había descubierto la verdad lo asaltaron. Sabía que no estaba en un entorno muy agradable para él e ignoró las llamadas de su padre y sus hermanos y volvió a la suite de invitados donde se estaba quedando. Se puso ropa de correr y salió de la casa por las puertas de cristal que daban a la playa. Era consciente de que hacía frío y de que empezaba a caer agua nieve, pero no le importaba.

Solo oía el sonido de sus pisadas en el pavimento del camino, vacío en aquella mañana del mes de enero. Se concentró en cada zancada y trató de ignorar sus pensamientos, pero le resultó muy difícil.

Siempre había tenido imán para atraer relaciones tóxicas, pero con aquella se había llevado la palma. Había encontrado a la única mujer en el mundo con la que no podía estar porque destrozaría a su familia.

Y sí, había sido una aventura muy divertida, pero una parte de él se preguntaba si era su excusa para asegurarse de que nada lo distrajera de las carreras. Siempre había dejado todo a un lado en su empeño por hacerse con la victoria, y ahora estaba cerca de ser campeón, su objetivo desde que empezara en el programa junior de Fórmula Uno con catorce años.

También había sufrido al enterarse de que su ídolo tenía pies de barro, de que era una persona real lejos de ser perfecta. Sentía el aire frío en los pulmones mientras seguía corriendo. Se desvió del camino y se dirigió hacia el pueblo. Todo estaba cerrado. No había nadie en la calle tan pronto en el día de Año Nuevo.

Solo él, un hombre que tenía demasiadas cosas en la cabeza y no sabía cómo resolverlas. ¿Debería olvidarse de Marielle? ¿Debería vengarse por Bianca? No pudo evitar que aquella idea se formara en su cabeza. Tal vez fuera porque se sentía engañado. Seguramente sabía quién era, pero ¿cómo era posible? Había estado en un circuito diferente aquel año en que Bianca estaba embarazada y José la había engañado.

Muchas veces Íñigo se había preguntado si, de haber seguido a la sombra de José, su cuñado se lo habría pensado dos veces antes de ser infiel.

En última instancia, ¿sería culpa suya? Había perseguido la victoria a cualquier precio y el haberle dado la espalda a Bianca y a José aquel año ¿habría contribuido a su caída?

No tenía forma de saberlo. José estaba muerto y Bianca nunca había querido hablar de ello.

Paró de correr y apoyó las manos en las rodillas respirando pesadamente. Podía solucionar aquello y enmendar lo que pudiera haber hecho en su día.

Podía tener a Marielle y plantarla públicamente. ¿Le molestaría? Había sido la amante de un hombre casado.

Pero incluso mientras aquella idea se formaba, sabía que no importaba. Tenía que hacerle saber que nadie se burlaba de la familia Velasquez. La parte más racional de su cabeza le advertía de que tenía que haber algo más detrás de aquella historia, algo oculto bajo toda aquella porquería que Alec había descubierto sobre ella en internet. La mayoría de las amantes habían sido descubiertas, pero Marielle no figuraba en la lista.

Pero tenía que seguir su intuición y su corazón. No podía olvidar lo pálida que se había quedado su hermana al verlo junto a Marielle ni el tono estridente de Marielle antes de marcharse. No dejaba de recordar la sensación de tenerla bajo su cuerpo la noche anterior.

Podía tenerlo todo: la mujer que tanto deseaba y la venganza que ansiaba su familia.

Ocultarse en casa de sus padres no era lo ideal. Las criadas entraban y salían de su habitación, su madre le había mandado una bandeja con la comida y más tarde su padre había llamado a su puerta. Al final, se había inventado la excusa de que una amiga había tenido un imprevisto y se había marchado. Cuando bajó, volvió a encontrarse con su hermano en el garaje. Al verlo sujetando un cigarrillo sin encender, deseó que sus problemas fueran tan evidentes como los de él. Pero los suyos eran muy diferentes.

Tenía debilidad por los hombres, lo que le llevaba a tomar decisiones absurdas. ¿Podía considerarse una adicción también?

Aceleró en medio de una nube sucia de nieve, con el deseo de dejar atrás sus problemas. Un arrebato de melancolía la asaltó al tomar la autovía de Long Island en dirección a Manhattan.

Así era como debía sentirse Íñigo en las carreras, libre ante la carretera y atento al camino que tenía por delante. Tal vez debiera tomar clases de conducción profesional.

Nada más formarse aquel pensamiento en su cabeza, pisó una capa de hielo y el coche derrapó, perdiendo el control del coche durante unos segundos. Levantó el pie del acelerador y vio su vida pasar por delante de sus ojos.

Aminoró la velocidad y se detuvo en el arcén. Le temblaban las manos y el corazón le latía desbocado. No quería morir. Permaneció sentada, escuchando el sonido del silencio y al cabo de unos minutos puso la radio y buscó una emisora de música clásica. Sonaba *El mar* de Debussy. Era justo lo que necesitaba en aquel momento.

Buscó en su bolso y sacó el teléfono. Scarlet le había enviado un mensaje: *¿Estás bien? No me gusta cómo te has ido.*

¿Qué podía decir?

No muy bien. Lo siento. Creo que se ha asustado al verme y ya sabes que no se me dan bien esas situaciones. Espero no haberte hecho sentir incómoda.

Scarlet y Siobahn eran las primeras amigas que tenía en años y no quería estropearlo, aunque tal vez ya lo había hecho. Quizá debiera dejar de preocuparse y simplemente disfrutar del desastre que solía reinar su vida.

No, no te preocupes. Sí, ha sido incómodo, pero creo que las dos estabais asustadas. Si quieres hablar, voy a estar en la ciudad hasta el viernes. Podemos quedar a tomar café.

Marielle sintió un gran alivio.

Gracias, me encantaría. Estoy volviendo a Nueva York. Me estaba agobiando en casa de mis padres. Una vez más, siento mucho lo de esta mañana.

Conozco esa sensación. No te preocupes. Estoy deseando que quedemos.

Guardó el teléfono en su bolso antes de pedirle el teléfono de Íñigo. Por un lado, sentía la necesidad de aclarar la situación con él, pero por otro, sabía que no cambiaría nada. Prefería guardarlo en sus recuerdos como un hombre con el que había pasado una noche divertida.

Sonó el teléfono y miró la pantalla. Era su amiga Siobahn Murphy, la cantante de Venus Rising.

Les gustaba divertirse juntas y siempre estaba dispuesta a pasar un buen rato, justo lo que Marielle necesitaba en aquel momento.

–Hola, guapa, feliz año nuevo –dijo contestando en el altavoz, sin apartar la vista de la carretera.

Nada de conducir rápido para superar sus problemas. Se quedó en el carril de la derecha y siguió circulando a una velocidad moderada.

–Hola. Scarlet me ha mandado un mensaje –dijo Siobahn–. ¿Qué demonios ha pasado?

–No estoy segura. He conocido a un tipo guapo, divertido y seductor. Incluso su padre era divertido. Le animó a que viniera a hablar conmigo. Nos besamos a medianoche.

Aquel beso le había hecho verlo como algo más que un rollo de una noche. Tenía que ser sincera consigo misma. No le gustaba cómo había terminado todo con Íñigo, pero dudaba de que pudiera haber una forma de cambiar la situación.

–¿Y…?

–Una cosa llevó a la otra y he pasado la noche con él.

Siobahn no estaba buscando detalles sexuales, pero no había manera de explicarle lo que había pasado sin mencionarlo.

–Entonces, esta mañana me ha invitado a desayunar con su familia y, como sabía que Scarlet iba a estar allí, acepté –explicó Marielle–. Y…

Nada más entrar, se había encontrado con la esposa de José mirándola como si fuera la mujer más indeseable del planeta. Pero no quería comentarle ese detalle a Siobahn, así que lo obvió.

–Lo sé, no tienes que decirlo. Estoy en Manhattan. Ven a mi casa. Podemos tomar un helado o una copa de vino, lo que te apetezca. No te quedes sola en casa –dijo Siobahn–. Necesitas que alguien te recuerde que ya no eres esa mujer.

–Gracias.

Ya no era la misma persona que aquella joven de veintiún años. Había recorrido un arduo camino lleno de obstáculos y había cambiado. No había conseguido hacer las paces con su pasado, pero había hecho grandes amistades, como Siobahn. Ella había sido la que le había presentado a Scarlet y quien la había iniciado en aquella senda.

—Te mandaré un mensaje cuando esté cerca.

—Allí estaré. Estoy comiendo los restos del jamón. Ya sé que no es muy sano, pero tengo un poco de resaca —dijo Siobahn.

Marielle tuvo que reírse. Ya no bebía de aquella manera, pero recordaba muy bien los días en que lo hacía. Colgó a su amiga, pero tenía que encontrar la manera de perdonarse. No podía seguir fustigándose por sus viejos pecados.

Aunque sabía que no sería fácil, aquello iba a ser uno de sus propósitos para el año nuevo.

Capítulo Cuatro

El tiempo de aquella primera semana de enero acompañaba su estado de ánimo al salir de su
edificio en el Upper West Side. Hacía frío y caía
aguanieve. El portero la cubrió con un paraguas
mientras se dirigía al coche que estaba esperándo-
la. El conductor le sostuvo la puerta mientras se
acomodaba en el asiento de cuero y luego, les dio
las gracias a los dos.

Scarlet había cumplido su palabra y la había
ayudado, algo que seguramente le había causado
cierta tensión con su familia política. Claro que
no podía olvidar que su amiga estaba acostumbrada a recibir atención negativa. Habían crecido en
entornos similares.

Aquella coincidencia en sus trayectorias no ali-
viaba el dolor que sentía cada vez que recordaba
el encuentro con Bianca. Tampoco pensaba que
Íñigo fuera el hombre con el que deseaba pasar el
resto de su vida. Por lo que sabía, quizá no fueran
ni compatibles. Pero el hecho de no quitárselo de
la cabeza como siempre le pasaba con todas sus
relaciones, le fastidia. Eso debía de ser lo que le
estaba molestando.

Era imposible que extrañara a un hombre con
el que se había acostado una noche.

No se lo permitiría. Ella no era así.

Nunca había necesitado de un hombre después de José. Él había sido el que le había hecho cambiar aquel sueño en el que conocía a un hombre que la tomaba en sus brazos para vivir una vida de fantasía como las de las películas. Había aprendido que era mejor estar sola.

Los hombres eran divertidos.

Lo había pasado bien con Íñigo hasta que…

Pero eso era el pasado y estaba pasando página. Tenía una entrevista con una marca de lujo que quería trabajar con ella. Su agente se había esmerado para conseguirle aquella cita, y estaba muy contenta. Había decidido darlo todo y se había vestido como Blair de *Gossip Girl*. Quería dar la imagen de lo que buscaban.

Los zapatos de tacón que llevaba eran de marca, pero su agente le había dicho que si quería el trabajo, tenía que decidir si alardear de su apellido u ocultarlo. No podía usarlo cuando quería e ignorarlo cuando le convenía.

Así que decidió dar su segundo nombre en vez de su apellido para que no se supiera que formaba parte de una de las familias más ricas de América. No quería ampararse en su apellido. Había visto lo que le había pasado a su hermano Darian. Con un cigarrillo sin encender y en el garaje, parecía un animal atrapado. Pero su hermano siempre haría lo que Carlton dijera.

Marielle y Carlton nunca se habían llevado bien. Como mano derecha y portavoz de su padre, había sido el encargado de distraer la atención de la prensa cuando se había hecho pública su relación con José. Había conseguido calmar las cosas y apartarla del punto de mira. Pero seguía sin gustarle. Siempre había querido que Marielle y sus hermanos dieran la misma imagen de familia perfecta que los Kennedy.

Lo cierto era que se parecían más a los Kennedy que se ocultaban tras bastidores, aquellas personas reales que cometían errores.

—Perdón —dijo tras toparse con un hombre que acababa de salir de un edificio y que iba hablando con otro que le seguía.

Dio un traspié y la sujetó. Ella le dio las gracias sonriendo y él le devolvió la sonrisa. Entonces, oyó que alguien carraspeaba detrás. Miró por encima del hombre del desconocido y se encontró con los ojos marrones de Íñigo Velasquez.

—¡Íñigo!

Se dio media vuelta y, como todavía no había recuperado el equilibrio, volvió a tropezar antes de conseguir erguirse y echar a andar por la acera.

—Que tengas buen día, Marielle.

Ella levantó la mano y le hizo un gesto obsceno con el dedo sin dejar de caminar. Era consciente de que no se lo merecía, pero estaba enfadada con él y con toda aquella situación.

Casi cuando había conseguido quitárselo de la cabeza, volvía a encontrárselo. Era la ley de Murphy. Cuando no quería volver a ver a un hombre, se encontraba con él, y eso incluía a su padre, a Carlton y a examantes.

Llegó a la agencia de publicidad en la que tenía la cita y entró en el vestíbulo. Se quedó un momento en un rincón, recomponiéndose.

¿Eran imaginaciones suyas o Íñigo estaba más guapo de lo que recordaba? Había curvado los labios en una sonrisa antes de ponerse tenso. Tal vez hubiera recordado lo bien que lo habían pasado antes de caer en la cuenta de quién era.

Respiró hondo. Nada de eso importaba en aquel momento. Sacó el móvil del bolso y abrió la nota de voz que Siobahn le había grabado. Había compuesto una canción para animarla en su nueva trayectoria.

Marielle gobierna el mundo.

Tiene mala leche, pero consigue lo que quiere dejando una estela de sonrisas allí donde se mueve.

Sonrió y escuchó la canción unas cuantas veces más hasta que se le quedó grabada. Siobahn había elegido una música pegadiza. Después de revisarse el maquillaje y el peinado, se guardó el móvil en el bolso y siguió tatareando la canción en su cabeza.

Sonrió al guarda de seguridad y le mostró su documento de identidad. El hombre arqueó una ceja al ver su apellido y ella mantuvo la sonrisa cuando le pidió que dejara el bolso en el escáner antes de permitirle el acceso al edificio.

Íñigo Velasquez era un recuerdo, un divertido recuerdo que había dejado atrás.

Dante Peterson le dio un puñetazo a Íñigo en el brazo en cuanto Marielle se alejó. Ninguno de los dos apartó la vista de ella. ¿Cómo era posible que estuviera más guapa que la última vez?

Había estado a punto de sonreírle, pero se había contenido. Para su familia era su peor enemiga y tenía que recordarlo.

—Vaya, parece que no le gustas nada —dijo Dante.

–Eso no es cierto, claro que le gusto. Es ella la que no me gusta a mí –comentó Íñigo.

–Sí, claro –replicó su amigo con ironía.

–¡Vete al diablo, Dante! Es la mujer con la que José fue infiel.

–Vaya, qué mal rollo.

–Desde luego.

–¿De qué la conoces?

Justo en aquel momento, el conductor de Moretti Motors detuvo el coche y se bajó para abrir la puerta del sedán. Era un modelo clásico y potente, seña de identidad de los vehículos que construía Moretti Motors.

–¿Dónde vamos, señor Velasquez?

–Al Four Seasons –contestó al conductor, metiéndose en el coche seguido de Dante.

No tenía tiempo para pensar en Marielle. Estaban ocurriendo algunas cosas extrañas en el equipo de carreras de Moretti Motors, e Íñigo acababa de salir de una reunión con el jefe del equipo. Al parecer, había alguien que estaba saboteando su coche para que Esteban Acola, el primer piloto del equipo de carreras de Moretti, ganara.

Necesitaban que alguien con contactos en el mundo de las apuestas filtrara algunos detalles para comprobar si las sospechas eran ciertas. Íñigo tenía relación familiar con la persona elegida. Malcolm Ferris era el prometido de Helena Everton, la hermana de su nueva cuñada. Malcolm se había ofrecido para ayudar y había llegado a Nueva York la noche anterior para encontrarse con Íñigo.

–Espero que sea una pista falsa. No quiero ni pensar en que alguien de nuestro equipo esté traicionándonos de esa manera.

–Yo tampoco. Como sea cierto, voy a darle a alguien una buena paliza –dijo Dante.

–No, no vas a hacerlo. Tal vez Marco, pero tú no.

Dante rio.

–Tienes razón. Bueno, volvamos a esa chica.

–A esa mujer –lo corrigió–. ¿Qué pasa con ella?

–Sé que hay algo más que el hecho de que estuviera con José.

–Nos acostamos en fin de año y por la mañana me enteré de todo. Bianca se encaró con ella y se marchó. Desde entonces, no hemos vuelto a hablar –dijo Íñigo–. Estoy molesto con ella. No creo que no supiera quiénes éramos. El caso es que se hizo la inocente, como si estuviera sorprendida.

–Tal vez no sabía quién eras. Después de todo, Bianca y tú no os parecéis.

–¿Cuántos cuñados de José son pilotos? Me refiero a que soy el único –le recordó Íñigo a su amigo.

–Tienes razón. ¿Y qué vas a hacer? –preguntó Dante.

¿Qué iba a hacer? Buena pregunta. No tenía ni idea. Por la manera en que le había sacado el dedo y la altivez con que se había dado media vuelta, había estado a punto de echarse a reír. Pero había recordado la expresión de Bianca el día de Año Nuevo, el dolor y la desolación al ver a la otra mujer. No le cabía ninguna duda de que su hermana era más feliz con Derek Caruthers de lo que lo había sido con José. Pero la herida seguía abierta.

¿Había algo que pudiera hacer para resarcir a Bianca y recuperar a la vez su orgullo perdido?

Porque una parte de él seguía convencido de que Marielle no había sabido quién era cuando se había acostado con él.

—No lo sé. No estaría mal salir con ella y luego cortar y que todo el mundo se enterara. Al parecer, es una especie de *influencer*. Scarlet me comentó que Marielle está intentando seguir sus pasos.

—¿Serías capaz de hacerlo? —preguntó—. Me refiero a que está bien tener una aventura porque, ya sabes, es divertido y es algo breve, pero hace que no tienes una relación seria desde… ¿Alguna vez has tenido una relación seria?

Íñigo le dio una palmada en el hombro a su amigo.

—No, pero eso es porque no quiero que nada interfiera en mi carrera. No creo que con ella fuera diferente.

Dante se encogió de hombros.

—Yo no lo tengo tan claro. He visto cómo la miras.

—Anda ya, estabas demasiado ocupado observándola como para fijarte en mí —dijo Íñigo.

Esa era otra cualidad de Marielle: parecía gustarle llamar la atención. Se vestía para impresionar. Por lo que tenía entendido de Scarlet y Bianca, la ropa, el peinado y el maquillaje eran herramientas en el mundo virtual. Pero le daba la impresión de que eso era lo que quería en su vida virtual y que no le importaba lo que pasara fuera de ella.

—Tienes razón, es muy atractiva —dijo Dante.

—Desde luego que lo es —convino mientras el coche se detenía.

Se bajaron y entraron en el hotel de Malcolm. Íñigo apartó la idea de vengarse mientras esperaba a que Malcolm abriera la puerta de su suite, aunque tenía que reconocer que le agradaba.

Tendría la posibilidad de conseguir información para Bianca y también para él. Porque hasta el momento en que se había encontrado con Bianca y se había dado cuenta de quién era Marielle, se había sentido... Bueno, no importaba. Él no era un hombre que se implicara emocionalmente, tal y como había señalado Dante. Pronto tendría que concentrarse en la nueva temporada y la venganza lo ayudaría a quitarse a Marielle de la cabeza para siempre y preocuparse tan solo del futuro.

Malcolm abrió la puerta y los invitó a pasar. Parecía preocupado e Íñigo no pudo evitar preguntarse si Malcolm sería capaz de hacer lo que le habían encargado. Estaba superando su adicción al juego y sabía que pedirle que volviera a ese mundo era pedirle un gran favor.

Malcolm quería impresionar a su prometida y demostrarle que había dejado el pasado atrás. Enfrentarse a sus demonios era una manera de hacerlo, pero cuando Íñigo y su amigo de Moretti Motors llegaron a la suite de su hotel, tuvo dudas.

Helena había salido a tomar café con una amiga de la universidad, así que había estado solo mientras esperaba a sus amigos. Como todas las adicciones, la suya afloraba cuando estaba a solas. Sabía que podía recurrir a Mauricio, el hermano mayor de Íñigo y su mejor amigo, pero a la vez quería demostrar a sus amigos y familia, además de a sí mismo, que lo había superado. No quería seguir cayendo.

—Hola, Íñigo, me alegro de verte.

—Yo también me alegro de verte. Te presento a Dante Peterson, uno de los ingenieros del equipo. Se va a encargar de supervisar la operación para comprobar si está habiendo alguna manipulación.

Malcolm saludó con un apretón de manos a ambos hombres y los acompañó hasta el salón de la suite, desde el que se divisaban unas magníficas vistas de Central Park. La habitación que Moretti Motors le había proporcionado era impresionante y evidenciaba el dinero que la compañía había invertido en el programa de carreras de Fórmula Uno, algo que no le sorprendía. Cuando estaban dispuestos a apostar la cantidad de dinero de la que habían hablado, tenía que haber mucho en juego.

—Bueno, ¿qué es lo que tengo que hacer? —preguntó Malcolm.

—Haz unas apuestas. Mi compañero de equipo y yo vamos a probar hoy un simulador de carreras en secreto. Tenemos que establecer unos tiempos mínimos antes de hacerlos públicos para confirmar las sospechas de sabotaje —respondió Íñigo—. Por si alguien decide echar un vistazo a tus finanzas, vamos a hacer llegar el dinero a una cuenta mediante una transferencia de Hadley a Helena. Luego podrás usarlo.

—Está bien. Tengo mis propios recursos, por si así fuera mejor —dijo Malcolm.

—Deja que hable con el equipo y te diré algo —replicó Íñigo.

–De acuerdo. ¿Tenemos que vernos así? –preguntó Malcolm.

Íñigo se había preguntado lo mismo, pero como estaban emparentados por matrimonio, nadie pensaba que levantaría sospechas.

–De momento creo que sí. Cuando vayas mañana a hacer la apuesta, comenta que somos familia y que voy alardeando de que este año voy a ser el más rápido. Da a entender que tienes información de primera mano.

–¿Eres un fanfarrón? –preguntó Malcolm.

–Piensa que el mundo gira alrededor de él –dijo Dante.

–Ja, eso no es cierto. Soy un buen piloto y no voy a negar que mi objetivo sea ganar. Hemos diseñado un plan y tenemos que sacarlo adelante.

–Eso es todo lo que necesitamos. ¿Quieres que salgamos a cenar para que el saboteador nos vea juntos? –intervino Malcolm.

Quería tener a Helena a su lado durante aquella farsa. Era ella la que le daba fuerzas y no quería fallarle.

–Ya te lo diré luego –dijo Íñigo–. Te mandaré un mensaje.

Unos minutos más tarde, los dos hombres se fueron y Malcolm se quedó dando vueltas por su amplia suite. Por eso había empezado a apostar, para darle a Helena una vida de lujo. Como agente inmobiliario en Cole´s Hill tenía unos buenos ingresos, pero deseaba ese tipo de vida y no quería esperar cinco o diez años; quería ofrecérsela desde el principio.

En vez de eso, había perdido todos los ahorros que tenían y a punto había estado de perderla a ella. Se acercó al ventanal para contemplar el perfil de la ciudad, pero solo se vio a sí mismo durmiendo en su coche y evitando al amor de su vida porque había caído muy bajo. No había encontrado la manera de salir hasta que ella había dado un paso al frente y había exigido saber qué estaba pasando.

Muy a su pesar se lo había contado. Había sido muy difícil mentir a Helena. Había estado enamorado de ella desde aquel primer día en el instituto. La conocía ya de antes, pero no había sido hasta que la había visto entrar en la clase de historia que se había fijado en ella.

Todo el mundo decía que los amores de juventud no duraban, pero entre ellos siempre había habido un vínculo especial. Habían estado saliendo y se habían comprometido convencidos de que el futuro con el que soñaban sería fácil de conseguir. Pero la familia de Helena era inmensamente rica, una familia ganadera que llevaba mucho tiempo en Cole´s Hill, y Malcolm siempre había sabido que tendría que trabajar mucho para darle esa vida.

—Ya estoy aquí —anunció Helena, entrando en la suite e interrumpiendo sus pensamientos.

Malcolm se volvió y le sonrió. Su novia llevaba uno de esos gorros de lana con un pompón de piel falsa. Tenía las mejillas sonrosadas por el frío. Era tan guapa que se le cortaba la respiración.

Era suya. Las dudas que lo habían atormentado seguían estando ahí, pero parecían haberse apaciguado. No podía perderla. Estaba dispuesto a hacer lo que fuera necesario para ser el hombre que se merecía y que se sintiera orgullosa de él.

–¿Cariño?

–¿Sí?

–¿Estás bien? –preguntó Helena.

Dejó el bolso en una silla y se acercó a él. Luego lo abrazó y apoyó la cabeza en su pecho.

–Sí, ahora sí –respondió, estrechándola contra él.

Sintió el frío en su chaqueta y en la punta de su nariz al besarla.

Tenerla entre sus brazos le ayudaba a centrarse.

Su consejero le había sugerido que recurriera a algo o a alguien para recuperarse de su adicción, pero en su corazón sabía que abrazar a Helena y confiar en ella le hacía sentirse más fuerte.

La levantó en sus brazos y la llevó al dormitorio para hacerle el amor. Eso siempre lo ayudaba a estar centrado y a recordar por qué tenía que mantenerse fuerte.

Capítulo Cinco

–Gracias por venir conmigo, Íñigo, quería comprar unas cuantas cosas al bebé aprovechando que estaba aquí. Imagino que después de dar a luz, tardaré un tiempo en volver a Manhattan –dijo Bianca al salir de una tienda de Madison Avenue.

Llevaba de la mano a su sobrino Benito, de cuatro años, y todas las bolsas de su hermana. De alguna manera, aquella mañana de compras estaba siendo su forma de disculparse con ella por haberse acostado con Marielle. Nunca había sido su intención hacer daño a su hermana y sabía que ver a la examante de José el día de Año Nuevo la había entristecido.

–De nada, encantado de pasar un rato contigo y con Benito.

–Yo también, tío –intervino el niño.

Llevaba en la mano una réplica del primer coche de Fórmula Uno de Moretti Motors.

–Pero si no te gusta ir de tiendas, no lo niegues. A ningún hombre le gusta pasar horas mirando ropa de niños.

–Si te soy sincero, ha sido una manera agradable de pasar la mañana distraído. Tengo que hacer la prueba del simulador y si no hubiera venido contigo, habría estado repasando configuraciones y recorriendo la pista mentalmente. Ya lo hice anoche y estamos preparados.

Ella rio.

–Se me había olvidado esa vida. José siempre estaba igual, pensando en configuraciones y pistas. Se despertaba en mitad de la noche y empezaba a hacer anotaciones para los ingenieros e incluso alguna vez los llamaba.

Había un tono en su voz que no reconocía, aunque era la primera vez que oía a Bianca hablar de su difunto marido sin amargura.

–Era muy perfeccionista por eso era el mejor.

–¿De veras? –preguntó ella.

Íñigo miró a Benito, que no les estaba prestando atención.

–¿Por qué si no?

–No sé. Quizá el estilo de vida, las mujeres, la atención de la prensa… Ya sabes, todo eso le gustaba.

José era una persona que había acaparado la atención allí donde había ido, de la misma manera que los actores o los cantantes. Había algo en él que cautivaba. A Íñigo no le había extrañado que las mujeres se sintieran atraídas por él; a los hombres también les pasaba. Era encantador y divertido, y tenía un don para hacer sentir única a la persona con la que hablaba.

Le había sorprendido que José le fuera infiel a Bianca. ¿Cómo no se había dado cuenta? La sensación de honestidad que transmitía su cuñado no encajaba con la realidad de lo que había descubierto después de la muerte de José.

–Tienes razón –dijo por fin–. ¿Quieres que hablemos de ella?

–No, de ese tema no me gusta hablar. No fue la única, aunque sí la última.

Eso lo sabía bien. Se había enterado por su hermano Alec, un genio de la tecnología, quien había indagado en internet para descubrir todos los detalles y que no hubiera más sorpresas para su hermana. Había indagado en toda la basura que José había estado ocultando y la había sacado a la luz. No habría más sorpresas desde la tumba.

—Fue un canalla —dijo Íñigo sacudiendo la cabeza.

Lo cierto era que, a pesar de sus defectos, lo había considerado un gran tipo.

—Habría sido más fácil si lo hubiera sido —comentó Bianca.

Continuaron caminando por Madison y al acercarse al famoso café Ralph´s, de la emblemática tienda de Ralph Lauren, vieron un grupo de gente arremolinándose.

—Me pregunto qué estará pasando.

—Yo también. Me encanta el pulso de la ciudad. Es todo tan diferente a Cole´s Hill.

—Desde luego. En casa, la única aglomeración es en el Bull Pen los viernes por la noche.

—Cierto. ¿Puedes ver quién es? ¿Será alguien famoso?

Íñigo se asomó entre la gente para ver de quién se trataba y se quedó de piedras al comprobar que era alguien conocido de larga melena rubia y ojos grises: Marielle.

—No es nadie famoso.

—Será alguien que no conoces, tal vez una de las Kardashian.

—No, a ellas las conozco —replicó Íñigo, tratando de apartar a Bianca de la multitud.

Pero su hermana era muy cabezota y le dio un codazo.

—Déjalo ya, Íñigo, no seas tonto. Quiero ver quién es —dijo acercándose.

Le iba a ser imposible impedir que viera a Marielle. Estaba embarazada y tenía que tener cuidado, pero su hermana había heredado la tozudez de su madre.

Bianca se abrió paso entre la gente e Íñigo adivinó el instante en que la vio. Se puso rígida antes de darse la vuelta y volver junto a él.

—Sabías quién era.

—Sí, no estaba seguro…

—No te preocupes, ya estoy cansada de pasear. ¿Puedes conseguirme un taxi? —preguntó tomando de la mano a Benito.

Íñigo asintió y levantó el brazo para llamar a un taxi. Justo en ese momento dos jóvenes pasaron a su lado.

—Me encantan su estilo de vida y sus consejos. De mayor quiero ser como Mari.

Se encontró con los ojos de su hermana y la vio palidecer.

—Bia…

—No, por favor no digas nada. Odio que sea tan famosa y que la gente quiera ser como ella.

El taxi paró al lado de la acera e Íñigo abrió la puerta. Ayudó a Benito a entrar y luego se volvió hacia su hermana para despedirla con un abrazo. Se la veía frágil y vulnerable, y eso le entristeció.

Sintió que alguien le estaba observando y al levantar la vista se encontró con que Marielle había reparado en ellos. Se llevó la mano a los labios y les lanzó un beso. No tenía vergüenza. No mostraba ni pizca de remordimiento después de lo que le había hecho a Bianca.

Marielle estaba muy contenta después de la reunión que había tenido. Al salir del edificio de la Quinta Avenida no había querido mostrarse demasiado entusiasmada, pero le resultaba difícil. El día era frío y gris, y después de cómo había empezado el año nuevo, se sentía igual. Pero las cosas estaban mejorando y había decidido parar en Ralph´s para tomar un café.

Se detuvo ante el famoso cartel de Ralph´s para hacerse una foto y después de compartirla con sus seguidores con el comentario de que tenía buenas noticias, entró en la cafetería. Unos cuantos admiradores la reconocieron y se acercaron para hacerse fotos y charlar con ella. Estaba disfrutando mucho del momento; nunca pensó que algo así pudiera pasarle. Le mandó un mensaje a Scarlet para agradecerle sus recomendaciones para la reunión y luego otro a su agente para comunicarle los términos de la negociación.

Al levantar la vista, se encontró con que Íñigo y su hermana la estaban observando. El hijo de José estaba con ellos, entretenido con un juguete que llevaba en las manos. Bianca se volvió e Íñigo la siguió para pararle un taxi. Marielle sintió que su felicidad disminuía y, al ver cómo Íñigo abrazaba a su hermana y la miraba, se sintió culpable a la vez que desafiante. Así que se llevó la mano a los labios y les lanzó un beso antes de echar a caminar.

El café remediaría todos sus problemas, pensó

mientras se ponía en la fila de Ralph´s. Unos segundos más tardes, alguien entró en la cafetería y se puso detrás de ella en la fila.

–Te preguntaría si me estás siguiendo, pero has llegado aquí antes que yo –le dijo Íñigo desde detrás.

Se volvió y se encontró con sus ojos marrones.

–¿No deberías estar entrenando en Europa para la próxima temporada?

–No. Moretti Motors ha construido unas nuevas instalaciones en Long Island y estamos haciendo allí los entrenamientos previos. Están intentando asentar su posición en el mercado americano y fichar a nuevos pilotos.

–¡Qué suerte!

–Lo dices como si te hubiera hecho algo. Yo no tengo culpa de nada.

Ella sacudió la cabeza.

–Muy caballeroso de tu parte decir eso.

Le pidió el café al camarero, pagó y se apartó de Íñigo. ¿Por qué se había molestado en hablar con él? Debería haberlo ignorado.

¿Pero cómo hacerlo?

Quería que la acusara de haber roto un hogar para así poder defenderse, contarle que José le había dicho que iba a divorciarse. Le había hecho creer que él era la víctima. Pero ¿para qué le iba a servir? Había estado saliendo con un hombre casado. El hecho de que creyera que estaba divorciado daba igual.

Carlton le había aconsejado que evitara a los hombres casados cuando había aparecido para poner fin a la pesadilla que había desencadenado. Su padre había apoyado el consejo de Carlton amenazándola con desheredarla si no seguía las reglas.

Íñigo se acercó a ella, que puso los ojos en blanco al ver que la miraba arqueando una ceja.

—¿Quieres acompañarme?

—¿Por qué? —preguntó ella.

—Para que podamos despedirnos como es debido. No hemos tenido ocasión.

Se quedó pensando unos minutos. Tenía razón. Si ponían fin a aquello como lo habían hecho el día de Año Nuevo, entonces lograría olvidarlo y pasar página. Ya lo estaba haciendo, pero la parte de ella que se negaba acabaría convenciéndose.

—Claro.

—¿Por qué no buscas una mesa mientras yo me ocupo de los cafés?

—Me parece bien —replicó ella, buscando entre las mesas una libre.

Cuando vio una, se apresuró a tomarla. Se sentó, sacó una toallita antibacterias del bolso y limpió la mesa.

Íñigo dejó los cafés en la mesa antes de sentarse frente a ella. Luego estiró las piernas y rozó las de ella. Marielle las recogió y las cruzó bajo su silla para evitar que la tocara.

No iba a volver a hacerlo. No podía. Se había acostado con él una vez, pero ahora, sabiendo quién era... No, no tenía por qué complicarse la vida de aquella manera.

—Y bien...

Nunca se le había dado bien quedarse callada cuando algo la incomodaba. No era que Íñigo la incomodara, pero cuando estaba con él se sentía muy tensa. En parte se debía a la atracción sexual, pero sobre todo al torbellino de emociones que le provocaba.

—¿Así que tuviste algo con José, no?

Marielle puso los brazos en la mesa mientras sujetaba la taza entre las manos. Por supuesto que iban a tener que hablar de José.

—Sí. ¿De verdad quieres hablar de eso?

Apartó la vista de ella. Tenía un mentón fuerte y marcado, especialmente cuando apretaba los dientes.

—No, es solo que no lo entiendo.

—¿Qué es lo que no entiendes? Era divertido y encantador. Me dijo que su matrimonio había acabado —dijo ella—. Y le creí.

—Era divertido —convino Íñigo, ignorando el resto.

No podía culparlo.

—Sí. ¿Lo conocías bien?

—Era mi mentor. Empecé a participar en carreras de karts con trece años. Al año siguiente, empezó a salir con Bianca y digamos que me tomó bajo su protección. Pensé que… Bueno, no importa, lo cierto es que su muerte me afectó mucho. Entonces, después de que muriera, me enteré de lo que tenía contigo. Fue como perderlo una vez más —admitió Íñigo.

Era evidente que se le había escapado aquello último. Lo que estaba claro era que no deberían estar hablando de aquello. Buscaba información, no su amistad, pero su dolor era idéntico al de ella. Ella también se había sentido traicionada por José, aunque no estaba segura de que Íñigo lo viera de la misma forma. La realidad era que ella había creído que José era una persona honesta.

–Lo siento, echo de menos al hombre diverti-do que conocí, no al que más tarde descubrí que era –dijo ella.

Puso la mano sobre la de Íñigo y él la miró. No entendía la expresión de sus ojos y eso la preo-cupó.

–Yo también lo siento. Habría preferido que no lo hubieras conocido.

–Yo no.

Sin José, nunca habría sentido la necesidad de descubrir lo que quería en su vida y habría segui-do el guion de lo que todo el mundo esperaba de ella.

Su respuesta lo sorprendió. Pensaba que había dicho que deseaba no haber sido la otra, pero no parecía que eso le importara. La idea de vengarse volvió a surgir en su cabeza. Recordó la palidez de su hermana, evidencia del gran dolor que Marie-lle le había causado. Quería pensar que no era un mezquino, pero cada vez que decidía ser mejor persona, aquella idea volvía a asaltarle. No nece-sitaba distracciones tal y como Dante había obser-vado, pero ¿cuándo volvería a tener una oportuni-dad como aquella?

–Estoy sorprendido. Hubiera pensado que es-tar con un hombre casado…

–No fue así. Tú mejor que nadie sabes lo que es estar viajando durante la temporada. Era una azafata. Viajaba con los equipos y nos conocimos. Hay pilotos que pasan del sexo y otros que es lo único que buscan.

Estaba siendo muy directa. Lo que decía era

verdad. Él mismo lo había visto paseando entre los remolques. Había mujeres dispuestas a seducir a cualquiera. Incluso había pilotos que estaban convencidos de que si tenían sexo justo antes de las carreras, su rendimiento detrás del volante mejoraba. Esteban era uno de aquellos hombres y, desde luego, no le había ido nada mal.

—Supongo que la vida de las familias que esperan en casa no importa —comentó con locuacidad.

¿Por qué se había sentado con ella?

Una parte de él quería creer que era diferente a lo que parecía, a cómo Bianca decía que era. No pudo evitar recordar la noche que habían compartido en el pabellón de invitados de los O´Malley. Había sido algo muy especial.

—Es un mundo diferente. No parece la vida real —dijo ella.

—Qué interesante. Para mí, es como estar en casa y donde más a gusto me siento.

—Es lógico, eres piloto. Seguramente no te sientes vivo a menos que vayas a quinientos kilómetros por hora. No eres como el resto de los mortales.

—¿Ah, no?

—Ya sabes, eres un semidiós que se mueve muy rápido. Es imposible que veas lo que se mete bajo tus ruedas y sale despedido a un lado de la carretera.

—No me conoces. Tal vez haya pilotos que sean así, pero yo no.

Marielle se encogió de hombros y dio un sorbo a su café. Íñigo reparó en que había dejado la marca del pintalabios en la taza. Ella era como aquella marca, pero en su alma. La noche que habían pasado juntos era de un ardiente rojo.

¿Había sido casualidad? Deseó saberlo. Si así era, entonces podía marcharse. ¿Debería intentarlo de nuevo?

Se preguntó si sería la falta de sueño o los nervios porque alguien pretendiera evitar que ganara, o quizá sus ojos grises desafiantes los que le impedían sopesar las consecuencias y le animaban a tomar lo que quería.

Y lo que quería era a ella.

Entonces recordó su expresión al decirle que durante la temporada de carreras, las reglas de la decencia no se aplicaban. No solía preocuparle cómo se comportaran los demás a menos que le afectara, pero había hecho daño a Bianca. Aquella manera de pensar era la causa del dolor de su hermana.

No podía dejar que se saliera con la suya. Alguien podía salir herido con sus actos. No se tenía por un defensor de la moralidad, pero no podía irse como si tal cosa después de lo que había dicho. Ni siquiera había asumido su parte de culpabilidad en el *affaire*. Había venido a decir que puesto que los pilotos tenían un gran ego, había sido culpa de José.

No quería fallarle a José, pero estaba muerto y no sabía qué podía hacer.

—No te conozco —dijo ella—. Aunque me gustabas.

—¿Te gustaba?

Si quería que aquello funcionara, debía intentar mostrarse encantador y no enfadado. Si lo hacía, no podía dar marcha atrás.

—Bueno, hoy no has estado muy simpático.

—Tú me sacaste un dedo.

Todavía veía su mano agitarse en el aire mientras se alejaba de él.

–¿Te pareció divertido, verdad? –preguntó ella.

–No sé qué hacer contigo.

Marielle ladeó la cabeza y su larga melena rubia le cayó sobre un hombro.

–Lo hiciste muy bien en el dormitorio.

Al instante sintió un escalofrío recorriéndolo.

–Lo pasamos bastante bien, ¿verdad?

–Sí. ¿Fue una aventura de una noche? Me refiero a que si antes de que tu hermana te lo contara, tenías pensado volver a vernos.

Aquella era la pregunta del millón de dólares. Si decía que no, quedaría como un imbécil y si decía que sí, quedaría como un inocentón que había dado un gran valor emocional a su noche juntos.

–No lo sé –contestó con total sinceridad–. Me gustaste y no pensé más que en pasar el día contigo.

–Te entiendo. ¿Crees que puede haber algo entre nosotros o es un adiós? –preguntó ella.

–Eres muy directa.

–Sí, lo soy. Es solo que cuando espero algo, nunca me sale como espero. Si pregunto y me llevo una desilusión, no me queda otra que culparme a mí misma.

Capítulo Seis

Marielle siempre había seguido en su vida el lema de si nada se arriesga, nada se gana. Aun así, no le gustaba arriesgarlo todo. Más de una vez le había ocurrido algo inesperado y no lo lamentaba. Una de las cosas de las que había estado huyendo después de dejar su casa para convertirse en azafata de la Fórmula Uno era de su vida aburrida y sin sobresaltos. A pesar de que su madre parecía feliz siendo la señora Bisset, ella quería más o, al menos, algo de aventura antes de sentar la cabeza.

–La culpa es un sentimiento muy complejo –comentó él–. Para mí implica arrepentimiento.

Marielle no pudo evitar sonreír. Quería pensar que era como José y otros pilotos que había conocido durante el año que había pasado en el circuito de la Fórmula Uno, pero era diferente. No solo porque le hiciera sentir a punto de estallar si no la tocaba o por estar disfrutando perdiéndose en su mirada. Había algo más. Se atrevería a decir que habían conectado, que entendía por lo que había pasado. Pero todavía no estaba segura de eso.

–¿Tienes muchas cosas de las que arrepentirse, Fittipaldi?

Él negó con la cabeza.

–No. Siempre doy el máximo y si no sale bien... Bueno, al menos lo he intentado.

—Yo también.

Íñigo negó con la cabeza.

—No quiero gustarte.

—Pues lo has conseguido.

No debería sorprenderle que sus palabras le hicieran daño, pero así era. Sabía que la consideraba persona non grata. Había cruzado una línea que la mayoría de las personas decentes pensaban que no debía cruzarse. Pero a la vez, habían conectado. Al parecer, estaba equivocada.

Apartó la silla para levantarse, pero él la sujetó de la mano.

—Lo siento, eso que he dicho es una estupidez.

—Así es.

—El caso es que me gustas. No dejas de sorprenderme y sé que no debería estar aquí contigo sentado, pero lo estoy. Y no quiero que te marches enfadada.

Apartó la mano de la suya. Entendía muy bien lo que le estaba diciendo, pero era complicado y, sinceramente, no necesitaba algo así en aquel momento. Había sido divertido flirtear con él y soñar con que aquel café podía dar lugar a algo más, pero se trataba de Íñigo Velasquez, el cuñado de José Ruiz. Se había hecho una promesa al terminar aquella relación: no más pilotos de Fórmula Uno. Nada de hombres acostumbrados a vivir a mil por hora, ni hablar.

Así que ¿a qué venía seguir allí?

Debería tomar su bolso y marcharse. Sin embargo, estaba mirando aquellos grandes ojos marrones buscando algo que sabía que no iba a encontrar, algo que se había dicho que no necesitaba y de lo que podía prescindir.

—Deja que te invite a cenar para disculparme.

—Deja que me lo piense.

Buscó en su bolso una de sus tarjetas de visita y se la entregó. Luego, tomó otra.

—Ahí están mis datos para que te pongas en contacto conmigo. Escribe los tuyos aquí.

Le entregó la segunda tarjeta e Íñigo escribió a toda velocidad. Luego se la devolvió y ella se la guardó en el bolsillo del abrigo antes de sonreírle y darse la vuelta.

Marielle se subió la cremallera mientras atravesaba la concurrida cafetería hacia la puerta. Trató de no darse la vuelta, pero al pasar entre las mesas, no pudo evitarlo y lo vio leyendo la tarjeta. Sacudió la cabeza, pensando en que no lo entendía.

Paró un taxi y le dio al conductor la dirección de su hermano. Necesitaba hablar con alguien para recuperar el sentido común. Las amigas eran buenas para escuchar lo que quería que le dijeran, pero Darian le diría la verdad. Siempre se le había dado bien.

Se bajó del coche ante la casa del Upper East Side, se abrió paso entre la gente que caminaba por la acera y subió los escalones antes de entrar. Enseguida, Bailey salió a darle la bienvenida.

El enorme San Bernardo corrió hacia ella, saludándola con sus ladridos. Luego se puso a dos patas y le lamió la barbilla.

—Eso es lo que pasa por no llamar —dijo Darian.

—Lo siento, pensé que estarías contemplando un cigarrillo y que no me abrirías —replicó, acariciando las orejas de Bailey hasta que el perro se quedó satisfecho y volvió junto a su dueño.

—Cuando vienes tan acelerada, sé que tienes dudas de algo.

—¿Alguna vez estoy segura de algo? Por favor, dime que cuando lo consiga, dejaré de estar hecha un lío.

—Eso es lo que piensa mamá, pero hasta ahora no he conocido a nadie que las tenga todas consigo.

—¿Ni siquiera tú, hermano mayor? Eres un estratega político. Tienes buena imagen en prensa y sabes cómo hacer que los demás también la tengan.

—Todos los Bisset tenemos buena imagen, Marielle. Bueno, ¿qué pasa? —dijo precediéndola de camino a su estudio.

Se dio cuenta de que había estado trabajando porque había una lata de Red Bull junto al ordenador. Le hizo una señal para que se sentara en el sofá de piel y después se acomodó a su lado.

—Me he vuelto a encontrar con Íñigo Velasquez. Hemos estado hablando y me ha invitado a cenar. Sé que no debería ir —dijo y se quedó mirando a su hermano, que se recostó en el asiento y se cruzó de brazos—. ¿No debería, verdad?

—Cuéntamelo todo.

Así lo hizo, y no se ahorró detalles. Le contó lo de Bianca y lo mal que se había sentido al verla, y cómo había respondido lanzándoles un beso, lo que había sorprendido a Darian. También le dijo que le gustaba Íñigo, que le había sacado un dedo y que había tomado un café con él mientras se había perdido en sus ojos.

—Marielle, no sé cómo lo haces, pero solo Dios sabe cómo puedes complicar algo tan simple como cruzar una calle —dijo por fin.

—Lo sé, pero ¿qué puedo hacer?

Se quedó pensativo unos segundos y se puso nerviosa. El hecho de que hubiera ido a verle para pedirle consejo era el mejor indicio de que no debería salir con Íñigo.

–Ve. Te arrepentirás si no lo haces.

–Tal vez me arrepienta si voy.

–Bueno, en ese caso, al menos tendrás algo de lo que arrepentirte.

Al entrar en el simulador de las instalaciones de Moretti Motors y colocarse el casco, recordó lo que estaba en juego. Durante la noche que había pasado en la casa que había alquilado a unos kilómetros de allí no había dejado de pensar en que no había recibido ningún mensaje de Marielle.

Pero era una distracción.

Venganza.

¿Quién se creía que era? ¿Maquiavelo?

Marco Moretti había venido. En aquel momento, estaba en la cabina, junto a Keke Heckler. Ambos eran pilotos legendarios y habían diseñado el programa de carreras Moretti desde sus inicios. Íñigo se había mostrado eufórico cuando tres años antes le habían invitado a formar parte del equipo y gracias a ellos había pasado a acabar las carreras en los primeros puestos. Pero ansiaba convertirse en campeón.

No había sitio para venganzas en la mente de un piloto de carreras y lo sabía. Dante había estado haciendo bromas en el coche, pero lo cierto era que su amigo y jefe de ingenieros de su equipo tenía razón: debería concentrarse en mejorar sus tiempos y sus carreras.

–¿Qué te parece la cabina? –preguntó Marco con su característico acento italiano.

–Bien –respondió Íñigo, ajustándose las correas de los hombros.

La cabina en la que estaba sentado era exactamente igual que el interior de su coche actual. El asiento estaba hecho a medida para amoldarse a su cuerpo y el volante y los pedales habían sido colocados a la distancia exacta que le gustaba. Giró la cabeza a un lado y a otro para estirar el cuello y rotó los hombros antes de colocarse en el asiento.

Estaban corriendo la pista de Melbourne, que sería la primera carrera de la temporada. Cerró los ojos y trajo a su mente todos los recuerdos de la carrera de Melbourne del año pasado. Recordaba el ambiente, la gente y la climatología del día. Quería estar centrado.

–Estoy preparado.

–Estupendo, nosotros también estamos listos.

La simulación lo situó en la vuelta de clasificación, así que esperó mirando el semáforo y en cuanto se puso en verde, pisó el acelerador. Cuando conducía, ponía todos sus sentidos en la pista. No pensaba, tan solo reaccionaba. Se fundía con el coche y conducía como si la máquina fuera una extensión de su cuerpo.

Apartó todo de su mente, pero no pudo evitar recordar la sensación de sus manos al recorrer las curvas de las caderas de Marielle. El coche se comportaba como ella, respondiendo a su contacto. Continuó el recorrido y pasó por la línea de meta mientras todo se reducía a la pista y al rugido del motor. Aquella primera vuelta había sido grabada y siguió conduciendo. Buscaban la mejor de tres carreras para conseguir una media.

El equipo de ingenieros que trabajaba en su coche estaba grabando cada detalle. Había uno que incluso estaba monitorizando su corazón para comprobar si su pulso aumentaba cuando aceleraba en las curvas.

–Buen tiempo. Tomemos un descanso antes de la siguiente vuelta –dijo Dante a través de los auriculares–. El equipo ha apreciado una pequeña vibración en el motor y queremos comprobarlo.

–Muy bien.

Íñigo salió del simulador y se fue adonde estaban Marco y Keke.

–Me gusta lo que veo –comentó Marco–. Tengo el presentimiento de que te va a ir bien este año.

–Yo también –admitió ante su jefe.

Keke se rascó la nuca. A pesar de su pelo cano, el expiloto de cuarenta y siete años estaba en plena forma

–¿Estás concentrado en los entrenamientos, verdad? Nada de distracciones externas.

Asintió. ¿Adónde quería ir a parar Keke con aquello?

–Siempre. No bebo, hago mucho ejercicio y toda mi atención está puesta en las pistas.

–Eso está bien, muy bien. Odio tener que hablar de esto.

–¿Por qué? –preguntó Marco–. Si hay algo que te preocupa, dilo.

–Lo estoy diciendo –dijo Keke.

Los dos hombres habían sido compañeros y eran buenos amigos. A veces, esa relación le hacía recordar la que él tenía con sus hermanos o con Dante.

Keke se volvió hacia Íñigo.

—Mi esposa me ha comentado que ha oído rumores de que tienes algo con una *influencer* de moda llamada Marielle.

—Vaya —intervino Marco, y miró a Íñigo—. ¿Es cierto? Siempre te has mantenido alejado de las mujeres durante la temporada.

La esposa de Keke era la exmodelo Elena Hamilton. Después de dejar su carrera como modelo, Elena se había convertido en diseñadora de trajes de baño para atletas.

—En cierto modo es verdad —respondió—. Nos acostamos en Nochevieja. Pero lo nuestro no tiene futuro.

Sobre todo teniendo en cuenta que no le había mandado ningún mensaje contestando a su invitación para cenar. ¿Estaba más preocupado de que lo dejara plantado que de diseñar un plan de venganza? Eso no era demasiado maquiavélico.

—Bien. No la conozco —dijo Keke—, pero me suena que hubo algo entre ella y un piloto cuando esa chica era azafata.

—Mujer —lo corrigió Íñigo.

—¿Cómo? —preguntó Keke.

—A las mujeres no les gusta que las llamen chicas.

Marco rio.

—Buena suerte. Elena y Virginia, mi esposa, están intentando traerlo al siglo XXI.

—No pretendía ser irrespetuoso —señaló Keke.

—Lo sé, es la costumbre.

—Está bien. Ya sabes que no me importa tu vida

privada, así que si quieres liarte con una mujer diferente antes de cada carrera, es asunto tuyo. Solo asegúrate de que mejora tu rendimiento como piloto. Este año estás mejor preparado y creemos que puedes ganar carreras y hacerte con el campeonato.

Estaba atento a lo que Keke le estaba diciendo. Sentía un gran respeto por él y por Marco. Los dos sabían muy bien lo que era competir y ganar, y eso era precisamente lo que quería. Pero también quería hacerle pagar a Marielle por lo que le había hecho a Bianca.

—Lo haré, no hay nada más importante para mí que ganar.

—Eso es lo que queremos oír —dijo Marco.

Dante y su equipo acabaron en el simulador e Íñigo volvió a ocupar su puesto para hacer otra prueba. Esta vez apartó a Marielle de la cabeza y se concentró en la pista. Tenía que mejorar el tiempo de la vuelta anterior, y eso fue lo que hizo.

Marielle vio la llamada perdida de su madre y apretó el botón de ignorar. Tenía la sensación de que Darian le había comentado algunos detalles de lo que estaba pasando en su vida. La suya no era una madre sentimental, pero en la última semana la había llamado todos los días. La familia solía comunicarse por medio de una aplicación con Carlton, quien llevaba la agenda de todos, así que sabía que no era una emergencia.

No le apetecía hablar con su madre. Llevaba toda la vida tratando de salir de su sombra. Había sido la esposa y la anfitriona perfecta. Todo el mundo siempre le preguntaba por su madre y su estilo. Era una mujer muy elegante y su agente le había sugerido que adoptara su estilo clásico para aumentar el número de seguidores. Pero ella no quería eso.

¿Quién que la única razón de su éxito fuera su madre? Ella desde luego que no. Además, nunca se había llevado especialmente bien con su madre. Marielle estaba convencida de que se debía al hecho de que no le gustaba compartir la atención de los otros hombres de la familia. O al menos, eso era lo que su psiquiatra le había dicho.

No lo sabía. Cuando su madre llamó cinco minutos después de la última llamada, contestó.

—Hola.

—Hola, Marielle.

Su madre había estudiado en un internado en Suiza y seguía manteniendo un suave acento a pesar de que llevaba treinta años viviendo en Estados Unidos.

—¿Qué pasa?

—Tan directa al grano como de costumbre —dijo su madre.

—Me he enterado por una amiga que te estás convirtiendo en una *influencer* muy popular. Tu nombre aparece en una lista que me han pasado de las personas a las que debería invitar al clásico de Bridgehampton.

—Vaya, esa es una estupenda noticia. Por supuesto que iré.

—Lo extraño es que no apareces como Marielle Bisset sino como Mari-Marielle Alexandria.

—Lo sé. No quería que nadie pensara que estaba representando a nuestra familia —dijo—. Has dicho muchas veces que no se me da demasiado bien.

Oyó suspirar a su madre.

—Es cierto. Incluso Carlton está de acuerdo.

—Lo sé.

Se lo había dicho muchas veces.

—Aparte de eso, ¿cómo quieres que nos comportemos? ¿Quieres que finja que no te conozco?

—No, la gente que nos conoce pensará que es una tontería. No comentaré nada en mi cuenta. ¿Te parece bien?

—No lo sé, Marielle. Esto es muy extraño. Deja que lo hable con tu padre y con Carlton y volveré a llamarte. Te pondré en la lista de dudosos.

—Mamá, es un acontecimiento muy importante para *influencers*. Si no voy, afectará a mi carrera.

—Lo tendré en cuenta. Te llamaré más tarde para darte una respuesta.

Marielle apretó el botón de colgar antes de decir algo de lo que pudiera arrepentirse y tiró el teléfono a la mesa que tenía delante. No podía soportar aquello. Llevaba toda la vida luchando por encontrar la manera de ser la mujer que quería ser y ahora que estaba a punto de conseguirlo, su apellido volvía a interponerse en su camino.

Cuánto le habría gustado llamarse Marielle Smith o Jones o cualquier cosa en vez de Bisset.

Su teléfono vibró y vio que se trataba de un mensaje de Carlton al grupo familiar proponiendo una reunión para tratar el problema M.

—¿El problema M? —dijo en voz alta en mitad de su apartamento.

Por supuesto que tenían que reunirse para hablar de eso.

Contestó diciendo que estaba fuera del país y esa era su intención.

Un minuto más tarde, su teléfono sonó. Era Darian.

—Marielle, ¿qué está pasando?

—Mamá acaba de enterarse de mi papel en las redes sociales y no sabe si debería ser invitada a los acontecimientos en los que ella forma parte del comité. De hecho, me ha preguntado si debería fingir que no me conoce.

—Oh, eso es…

—Un desastre. Pero bueno, soy yo.

—No voy a permitir esto. Voy a hablar con papá —dijo Darian—. Ya sabes que si recurres a él, mamá tendrá que apoyarte.

—Lo sé, pero también sé que si lo hago, será una auténtica bruja cada vez que nos veamos. No sé muy bien cómo jugar este juego.

—No juegues. Ve a la reunión y simplemente explica lo que estás haciendo. Sería ridículo que fingiera no conocerte, independientemente del nombre que uses. Sé que nuestros hermanos estarán de acuerdo conmigo.

—Zac desde luego que sí, pero está entrenando para la American Cup y no le importa agitar el gallinero porque no estará cerca para sufrir las consecuencias. Logan puede que no sienta lo mismo, puesto que tiene que ver a papá cada día. ¿Y quién sabe lo que dirá Leo?

—Confía en mí —dijo Darian—. Hablaré con ellos y presentaremos un frente común. Ven mañana a mi casa a eso de las seis. Lo tendré todo resuelto.

—¿No deberías estar trabajando en la estrategia de alguna gran campaña? —preguntó.

Se alegraba de que su hermano mayor estuviera dispuesto a intervenir, pero sabía que no podía permitir que hiciera aquello por ella.

—Puedo hacer ambas cosas, pequeña. Ven mañana por la tarde.

—Ahí estaré. Te quiero, Darian.

—Yo también te quiero.

Colgó a su hermano y un momento más tarde, Darian respondió al mensaje del grupo familiar diciendo que ninguno estaba disponible. Al instante, el chat de sus hermanos se llenó de mensajes. Todos querían saber qué estaba pasando. Darian los convocó al día siguiente en su casa para explicarles lo que estaba pasando. Zac dijo que intentaría participar por videoconferencia.

Siempre le había llamado la atención que todos los hermanos Bisset pasaran más tiempo lejos de sus padres que con ellos. Aunque Marielle había estado yendo a la casa familiar en East Hampton, siempre se las arreglaba para no pasar demasiado tiempo con sus padres.

Capítulo Siete

Marielle seguía sin mandarle un mensaje con su respuesta. En vez de eso, estaba con su amiga Siobahn Murphy. Siobahn había sido la cantante de Venus Rising desde los catorce años. La banda estaba compuesta por miembros de mayor edad y habían sido reunidos por un productor... que ya no estaba en la banda. Marielle y Siobahn se habían conocido en una fiesta en el club Royal Bahamas cuando ambas tenían dieciocho años. Por entonces, ambas eran jóvenes, millonarias y con un único objetivo en la vida: exprimir la vida al máximo. Marielle no había querido ser como sus padres y sus hermanos mayores.

Viéndolas en aquel momento, ocho años más tarde, era evidente que la vida no les iba como habían planeado. Siobahn acababa de sufrir una ruptura. Su ex, un cantante y compositor, había huido a Las Vegas para casarse con una de sus bailarinas. Aquello le había dolido mucho a Siobahn, quien había estado profundamente enamorado de Mate.

Pasar la noche del viernes comiendo pizza vegetariana en el apartamento de Marielle no era como se habían imaginado que estarían con veintiséis años.

Su madre no volvió a llamarla después de que Darian mandara su mensaje y Marielle se sentía aliviada, pero también un poco triste. ¿Tanto le afectaría a su madre mostrarse maternal por una vez?

—No me gusta mucho esta masa de pizza de coliflor —dijo Siobahn—. Me acaban de invitar al club Polar. ¿Quieres que vayamos?

—Vale. Estaba pensando que es viernes por la noche y deberíamos salir. Necesito enrollarme con alguien para olvidar mi última aventura —dijo Marielle.

Aquello solo podía contárselo a Siobahn. Su amiga la entendía muy bien.

—Yo también. Mate está subiendo fotos de él y su esposa en un yate. El año pasado fue conmigo. Odio seguir sintiendo algo por él, pero…

—Vamos, seguro que conoceremos a unos chicos guapos con los que enrollarnos. Así nos animaremos.

—De acuerdo —dijo Siobahn, y siguió a su amiga al dormitorio.

Marielle tenía un gran vestidor que había tardado todo un año en diseñar y construir.

Se había retirado a su apartamento y había dedicado mucho tiempo a reformarlo. Así había empezado su canal en las redes sociales, trabajando desde su apartamento a la vez que superaba sus problemas.

Después de que se cambiaran de ropa, Marielle llamó a Stevens, su conductor. Propiamente dicho, era el conductor de Darian, pero su hermano apenas requería sus servicios. A su hermano le gustaba pasear para oír conversaciones en la calle y descubrir así lo que a la gente le preocupaba. Esa información le venía muy bien cuando estaba diseñando estrategias para sus clientes. Era muy bueno en lo suyo.

Era duro cuando tenía que serlo, pero siempre anteponía a los demás, especialmente a ella. Necesitaba aprender a lidiar con su madre sin que él se implicara.

–Amiga, vamos a romper la noche –dijo Siobahn mientras se hacían una foto.

Veinte minutos más tarde, sentadas en la zona VIP de Polar, Marielle no estaba segura de que aquel plan para la noche fuera el mejor. Había muchos hombres dispuestos a coquetear con ella, pero sentía que no tenían un interés real. No podía evitar comparar a todos los hombres con Íñigo. No tenían su mentón marcado, sus cálidos ojos marrones ni su dulce sonrisa ante sus comentarios.

Íñigo no era hombre para ella y lo sabía. Pero entonces, ¿por qué ningún hombre le parecía tan bueno como él?

Aquello la irritaba. Iba de camino a la barra para pedir dos tragos de tequila, algo que siempre mejoraba la noche más aburrida, cuando oyó una voz familiar con fuerte acento texano. Se detuvo, miró a su alrededor y allí estaba, el hombre al que había venido a olvidar.

¿Sería el karma?

Había decidido pasar página, pero no podía porque todavía no había acabado con él. Íñigo miró en su dirección y sus miradas se encontraron. Por un momento se puso tenso. Luego, sacudió la cabeza.

Levantó la mano y la señaló con el dedo. Ella permaneció inmóvil y empezó a reírse. No importaba que no fueran perfectos el uno para el otro. No había rincón en el mundo donde pudieran ser pareja debido a sus pasados.

Marielle echó a andar hacia él e Íñigo dejó la mesa alta para acercarse.

–¿Cómo es posible que no deje de encontrarme con la mujer a la que quiero olvidar? –preguntó él.

–Es el karma, no hay otra explicación. Aunque no estoy segura de si es bueno o malo.

–¿El karma, eh? –dijo él–. Me prometí a mí mismo que no me iba a volver a acostar contigo, pero estás muy guapa con ese… ¿Eso es un vestido?

–Claro que lo es.

Ambos estaban intentando esquivar el destino, pensó ella, pero no parecía posible que fueran a conseguirlo.

–Baila conmigo, Íñigo. Quiero recorrerte con mis manos. Podemos conformarnos con eso hasta medianoche, cuando ambos tengamos que irnos y volver a la realidad de nuestras vidas.

–¿Es eso lo que le decías a José?

Fue como si un puñal le atravesara el corazón.

–No, claro que no.

Sorprendida de lo mucho que le había dolido aquel comentario, se dio media vuelta y se alejó. Estaba acostumbrada a las puñaladas de la prensa y de su madre, pero Íñigo la había sorprendido. Si era capaz de decirle algo así, no la había entendido.

Íñigo estuvo a punto de dejarla marchar, pero no era un imbécil, a pesar de que su comentario le había hecho sentirse como tal. Le estaba costando superar su historia con José y había ido al club para olvidarse de Marielle, para acabar encontrándosela allí.

Tenía que abrirse paso entre la gente para llegar a ella. Estaba sentada en la zona VIP, pero por suerte el propietario del club era un fan de la Fórmula Uno y el encargado lo conocía. El hombre lo dejó pasar y al aproximarse y ver su cara, supo que lo mejor que podía hacer era disculparse y marcharse.

Su idea de venganza era un recuerdo lejano en aquel momento, ya que nunca antes había sufrido las consecuencias de su lengua desatada. No le gustaba lo que estaba viendo.

La amiga de ella lo vio antes que Marielle y se acercó a él con cara de pocos amigos.

—Soy un completo idiota, lo sé —dijo cuando la tuvo cerca.

La reconoció como la cantante Siobahn Murphy, no solo porque fuera conocida, sino porque había estado unos meses antes en Cole´s Hill con Scarlet. A su hermana le caía bien.

—Desde luego que lo eres. Espera, ¿no eres el hermano pequeño de Bianca?

—Sí.

—Supongo que en todas las familias hay algún idiota.

Íñigo fue a protestar, pero ella lo interrumpió.

—No digas nada. Sé que estás enfadado y tal vez te sientas mal por lo que le hiciste, pero se merece algo mejor. Nadie es perfecto, será mejor que no lo olvides.

—Lo sé mejor que nadie. Escucha, no debería

haberlo dicho, pero tengo que disculparme con ella, no contigo. Así que ve a sentarte o desaparece.

Siobahn lo miró enarcando las cejas.

—Tienes cinco minuto antes de que vuelva y, créeme, no te va a gustar volver a verme.

Siobahn pasó junto a él e Íñigo se dio cuenta de que mientras habían estado hablando, Marielle había recuperado la compostura. Se la veía muy guapa y aburrida, pero aún se adivinaba el dolor en sus ojos. No estaba preparada para hablar con él.

Pero aquello no era algo que pudiera dejar pasar.

—Lo siento —dijo acercándose a su taburete y sentándose en el banco que había enfrente—. La única excusa que tengo es que me fastidia desearte tanto y no poder tenerte.

Ella no dijo nada y se limitó a sacudir la cabeza.

—Lo cierto es que…

—No me importa —lo interrumpió—. Pensé que eras… Bueno, ya no importa. Acepto tus disculpas, ya puedes irte.

Debería hacerlo. Había visto lo que pasaba cuando le hacía daño, pero había estado rápida en pasar página. ¿Sería capaz de hacerle sentir mal si salía con ella y luego rompía? ¿Sería capaz de evitar enamorarse de ella? Aquello estaba siendo más difícil de lo que había imaginado. Había algo en ella…

No podía estar con ella y no solo porque no quisiera tener relaciones durante la temporada de carreras. Tenía motivos para no hacerlo.

Pero le había hecho daño y se odiaba por ello.

Había tratado de convencerse de que no podía ser suya y seguramente había sellado su destino. Se había asegurado de que no volviera a mirarlo con aquella mezcla de deseo y afecto.

—Podría, pero no puedo. No quiero que las cosas queden así. Cada vez que intento arreglar esto, parece que lo empeoro. Y créeme si te digo que no suelo ser así.

A punto estuvo de sonreír. Íñigo vio sus labios curvarse. Consciente de que el reloj estaba corriendo y cada vez quedaba menos para que volviera su amiga y lo alejara de la vida de Marielle, se dio cuenta de que los siguientes segundos eran determinantes. Toda su vida se medía en segundos, tanto para tomar decisiones como para seguir sus instintos. El tiempo transcurría como cuando conducía. Sabía que lo que hiciera a continuación sería decisivo para determinar si pasaría más tiempo con aquella mujer o viviría el resto de su vida arrepintiéndose.

El pulso se le aceleró, pero se sentía tranquilo. Estaba en su salsa y, a diferencia de un rato antes cuando se había dejado llevar por las hormonas, se sentía preparado.

—Quiero creerte, pero no dejas de decepcionarme.

—Creo que tengo la respuesta. Pero ¿puedes darme una oportunidad más para demostrarte que no soy un imbécil?

Ella se mordió el labio inferior y fue la primera vez que advirtió algo que delataba sus nervios. Incluso la noche en que se habían conocido, se había mostrado calmada y serena. Era la primera vez que conocía a la mujer de verdad. Detrás de sus comentarios atrevidos y de sus sonrisas había mucho más. Tenía que arreglar aquello y marcharse.

—Hasta la medianoche —añadió Íñigo.

Era su última oferta. Le gustaba hasta un nivel que no tenía lógica para él. Era una distracción, la última mujer con la que debía estar charlando, pero era incapaz de alejarse.

—Baila conmigo —dijo él—. Solo un baile, y si no quieres darme otro minutos más, me iré.

—¿Bailar contigo? ¿No es eso lo que sugerí?

—Lo es, y por eso espero que estés dispuesta a perdonarme o a humillarme en medio de la pista de baile.

Ella negó con la cabeza.

—No soy así.

—Dame otra oportunidad para conocerte. Dejaré de decir tonterías, bueno… eso es pedir demasiado, pero intentaré parar.

Ella rio e Íñigo se estremeció hasta lo más hondo. Volvía a ser un hombre sentado ante una mujer preciosa. Si decía que sí, se sentiría muy afortunado y tendría que esforzarse para no estropear nada esa noche.

—Sí.

Marielle sentía que había bebido demasiado. Sabía que no debería estar bailando con él después de lo que había dicho. Le había mostrado cómo era realmente y no debía olvidarlo. Pero sus hormonas no parecían haber captado el mensaje. Seguía sintiéndose atraída por él. Tenía una dulce sonrisa que resultaba muy sensual. Era su boca, aquellos labios perfectamente definidos, lo que le había hecho decir que sí. En aquel momento estaba contoneándose al ritmo de la música bajo las luces estroboscópicas del club, arrimada a él por la cantidad de gente que había en la pista. Había una corriente eléctrica entre ellos y sentía su fuerza en cada centímetro de su cuerpo. Íñigo debía de sentirla también. Tenía la mano en su cadera y se movía sinuosamente contra ella. Bailaba muy bien.

No podía olvidar las estupideces que le había dicho, pero en aquel momento solo podía pensar en lo mucho que deseaba estar a solas con él y desnudarlo.

Por un lado, esta vez quería llevar la iniciativa y no sentirse confusa a la mañana siguiente. Pero por otro, le daba igual. Estaba excitada y deseaba a aquel hombre. Íñigo era el único que podía satisfacerla esa noche y después de una semana en la que había tenido más momentos bajos que altos, estaba dispuesta a hacerse con lo que quería.

La música cambió y sonó una antigua canción discotequera, e Íñigo empezó a dar saltos y a agitar su puño en el aire. Se inclinó, la rodeó con su brazo y la atrajo contra su cuerpo.

—Me encanta esta canción.

Se había dado cuenta. El ritmo era sensual e Íñigo se movía al ritmo de la música que parecía fluir por él. La tomó de las caderas y la animó a imitar sus movimientos. Marielle dejó de pensar y se dejó llevar por la música de la misma forma que él, estrechándose contra las curvas de su cuerpo. Sintió sus caderas junto a las suyas, y sus manos acariciándola por los costados. Al sentir su erección creciendo contra ella, giró las caderas para frotarse contra él. Dejó caer la cabeza hacia atrás

echando su melena en su hombro y sintió su cálido aliento en el cuello instantes antes de que sus
labios tocaran su piel.

Se estremeció con aquel roce sensual y tuvo
que contenerse para no tomarle de la mano y lle-
várselo al cuarto de baño de la zona VIP.

No quería ser aquella mujer, esa noche no. ¿O sí?

¿Qué había de malo en divertirse y disfrutar de
un momento así?

Se volvió en sus brazos. Íñigo tenía los ojos entornados mientras bailaba y observaba su cuerpo.
Ella puso las manos en sus hombros y se estrechó
contra él. Sus labios se movieron firmes sobre los
suyos. La sensación era mejor de lo que recordaba.

¿Cómo era posible?

Su lengua buscó la de ella mientras la sujetaba
de la cadera con la mano. Se movieron juntos al
ritmo de la música y Marielle supo que sería incapaz de alejarse de aquel hombre.

Había algo en él que… No, apartó aquel pensamiento de la cabeza. Aquello era un rollo de
una noche. Ambos serían capaces de seguir con
sus vidas sin sentir remordimientos.

Íñigo levantó la cabeza y rompió el beso. Luego
tomó su rostro entre las manos, se inclinó y la besó
apasionadamente, despertando el deseo y la pasión en ella. Sintió que los pechos se le hinchaban.
Estaba húmeda y ansiosa por tenerlo. Se movió
para rozar su erección y él volvió a romper el beso,
esta vez tomándola de las caderas para abrirse
paso entre la gente que llenaba la pista. En cuanto
dejaron atrás a la multitud, la llevó hasta un pasillo
y se puso delante de ella, cubriéndola con su cuerpo mientras la apoyaba contra la pared.

–Quiero llevarte a mi casa. No quiero que pensemos. Concentrémonos en nosotros solo por esta noche.

A punto estuvo de sonreír ante la forma en la que estaba intentando mostrarse como un buen tipo. Sentía su erección rígida y poderosa contra su cadera. Su voz estaba ronca por el deseo y no podía dejar de tocarla. Su dedo subía y bajaba por la curva de su cuello. Marielle se sentía atrapada en aquella sensual telaraña que los envolvía y supo que solo podía decirle que sí.

–¿Dónde vives? –preguntó ella.

–Al oeste de Central Park.

–Yo estoy más cerca. Vayamos a mi casa.

–Perfecto, tengo chófer –dijo él.

Apartó la mano de la pared y se la metió en el bolsillo. Aquello atrajo la atención de Marielle a su entrepierna y lo acarició por encima de los pantalones mientras él apretaba un botón del teléfono y enviaba el mensaje.

Íñigo gimió cuando le rozó la punta de la erección y tomó su mano con la suya.

–Quiero hacer esto cuando estemos solos y pueda desnudarte.

–Yo también –dijo ella– Necesito recoger mi bolso antes de irnos.

La acompañó hasta la zona VIP y la esperó junto a las cortinas de terciopelo mientras ella iba a buscar su bolso. Siobahn se había ido, pero le había mandado un mensaje a su amiga diciéndole que volvería si la necesitaba.

Le contestó que estaba bien y no hizo mención de Íñigo. Era su pequeño secreto esa noche, al igual que sospechaba que ella lo era para él.

Capítulo Ocho

Tardaron más tiempo del que había imaginado Íñigo en abandonar el club porque no podía quitarle las manos de encima. Sentía un ligero aturdimiento en aquel momento. Marielle era lo único que veía. Tenía los labios húmedos e hinchados de sus besos.

Se inclinó para besarla de nuevo. El portero les sostuvo la puerta y se quedaron entre la calidez que provenía del interior y el aguanieve que caía en el exterior. Íñigo la estrechó contra su cuerpo para protegerla. Ella colocó una mano en su cuello e inclinó ligeramente la cabeza. Era consciente de que quería decirle algo, pero sus labios eran demasiado tentadores para resistirse y volvió a besarla de nuevo.

Solo tenía ojos para ella y decidió que más tarde analizaría el hecho de que era la primera persona en acaparar la atención que normalmente reservaba para las carreras.

–Señor Velasquez –dijo su conductor, y carraspeó.

Apartó la cabeza de la de Marielle y al mirar hacia el conductor, vio que tenía abierta la puerta del coche. La tomó de la mano y atravesaron la acera bajo la nieve en dirección al sedán de Moretti Motors. Entre risas, Marielle entró en el coche y se acomodó en el asiento trasero.

Íñigo se subió detrás de ella y la hizo sentarse sobre su regazo. Luego la abrazó contra él mientras ella le acariciaba el pelo.

–Tienes copos de nieve en las pestañas.

–¿Ah, sí?

–Sí –dijo ella–. Cierra los ojos.

Hizo lo que le pedía e Íñigo sintió la calidez de su aliento junto a su rostro antes de que lo besara en los párpados

–Ya está –anunció Marielle y volvió a acomodarse sobre su regazo.

Abrió los ojos y al encontrarse con los de ella, sintió que el pulso se le aceleraba de nuevo. No quería un revolcón en el coche. Quería hacerle el amor tranquilamente, tomarse todo el tiempo necesario con Marielle porque tal vez así lograra quitársela de la cabeza, pasar página y acabar con aquel deseo que no podía controlar.

Estaba acostumbrado a llevar el control y no le gustaba que le hiciera sentir como si hubiera estrellado el coche y estuviera dando vueltas una y otra vez, como si hubiera perdido la estabilidad y no lograra centrarse.

Con Marielle se sentía atrapado. Debería estar asustado, pero estaba más bien excitado. No podía apartar las manos de ella y no parecía importarle a la vista de cómo se había sentado a horcajadas sobre él en el asiento trasero del coche. La sostuvo contra él mientras el beso se volvía apasionado y la empujó con las caderas para rozar su sexo con su erección.

Ella agitó las caderas y se movió sobre él, provocándole una presión que hizo que sintiera demasiado apretados los pantalones. Deseó mandarlo todo al infierno y tomarla allí mismo.

Íñigo deslizó una mano bajo su vestido y sintió la piel fría de la parte superior de su muslo. Frotó su mano arriba y abajo, cada vez más cerca de su sexo. Estaba caliente y húmedo, y lo estaba reclamando. Recordó lo excitados que habían estado la última vez y tuvo la impresión de que en aquel momento la deseaba todavía más.

Sintió su erección atrapada en sus calzoncillos y cuando apartó la boca de la suya y volvió la vista para distraerse, se encontró con sus ojos.

Aquella fría mirada gris se había vuelto ardiente, como el calor de la cabina de su coche cuando estaba conduciendo. Aquella emoción se parecía a la que sentía al acercarse a la línea de meta, solo que esta vez la sentía como una victoria. Nunca había pensado que volvería a tenerla en sus brazos, pero allí estaba.

Quería que aquello durara, necesitaba encontrar su tan laureado autocontrol.

–¿En qué estas pensando?

–No te corras en el coche –contestó él sin pensar.

Marielle echó la cabeza hacia atrás y rio.

–Maldita sea, Fittipaldi. Estaba deseando que te corrieras en el coche.

–Marielle, cariño, me tienes al límite –admitió, hundiendo el rostro en su cuello.

Aquello fue un gran error porque olía muy bien. ¿Cómo era posible que un perfume resultara tan sexy? Al menos en ella, así se lo parecía.

–Bueno, entonces, tendré que ver qué puedo hacer para que lo sobrepases. Quiero ver cómo eres cuando no estás pensado y analizándolo todo.

–No creo que sea una buena idea –protestó él.

–Pensé que habíamos quedado que esta no era nuestra decisión más inteligente –dijo ella, y deslizó un dedo por su mejilla hasta llegar a su boca.

Luego le pasó el dedo por los labios y tuvo la misma sensación que si le estuviera acariciando la entrepierna.

Íñigo gruñó y sacudió la cabeza mientras le chupaba el dedo. Necesitaba hacerse con el control pero cada vez que lo intentaba, veía la línea de meta y deseaba que aquella noche con Marielle durara el máximo de tiempo posible.

El coche se detuvo y miró por la ventana. Habían llegado a su casa.

–Se nos ha olvidado darle al conductor tu dirección –dijo él.

–Está bien. El camino ha sido divertido.

La puerta se abrió y una bocanada de aire frío entró, lo que le sirvió para bajarle la temperatura antes de salir y ofrecerle su mano. Le hizo una señal al conductor inclinando la cabeza y, en cuanto Marielle se bajó del coche, la tomó en brazos y la llevó así hasta el edificio. Nada más entrar en le vestíbulo, inclinó la cabeza y la besó.

Íñigo nunca había sido un playboy. Le gustaban las mujeres y había tenido bastantes citas, pero conducir había sido el eje de su vida y ninguna mujer le había hecho sentir nada parecido a lo que sentía cuando estaba detrás del volante.

Su hermano le había dicho que tal vez fuera porque no había conocido a la mujer adecuada y, por primera vez, empezaba a entender a qué se refería Mauricio. Marielle era diferente; todo con ella era más vibrante. Cuando la besaba, sentía una sacudida que iba más allá de lo sexual y quizá... Tal vez por eso había estado intentando encontrar una justificación para estar con ella, convertir aquello en una forma de venganza para no tener que admitir que despertaba en él algo que ninguna otra mujer había conseguido.

Keke y Marco se habían mostrado circunspectos, pero Dante no se había mostrado tan comprensible. Le había dicho que una cosa era pasar un buen rato con una mujer atractiva y otra, tener a los jefes hablando de ello. Sabía que la carrera profesional de Dante estaba ligada a su victoria.

Todos en el equipo tenían un gran interés en que ganara, así que no podía permitir que acostarse con ella fuera una distracción.

Marielle rodeó su muslo con la pierna, hundió los dedos en su pelo y lo besó con mayor intensidad. Él emitió un gruñido. Por muchas advertencias mentales que se hiciera, no estaba dispuesto a apartarse de ella esa noche.

No podía. Ni siquiera se sentía tentado a hacerlo. La llevó por el pasillo hasta su apartamento y la dejó de pie junto a la puerta.

Después de abrir con la huella dactilar de su dedo pulgar, se hizo a un lado para dejarla pasar a su casa.

Marielle entró en el vestíbulo y él pasó el brazo por detrás de ella para encender las luces. Luego cerró la puerta y se quedó mirándola mientras se quitaba los zapatos de tacón y se dirigía lentamente al salón.

Se detuvo al pie de una escalera curva, con la

mano en la barandilla de madera e inclinando la cabeza hacia atrás.

—Me gusta tu casa, Fittipaldi. ¿Tu habitación está arriba?

Sintió un nudo en la garganta al acortar la distancia que los separaba y recordar la sensación de su cuerpo junto al suyo en el club. La deseaba, tal vez más de lo que deseaba ganar en Melbourne, lo cual debería haberle hecho reaccionar. Pero decidió ignorarlo. Al día siguiente tendría que controlar aquella atracción que sentía por ella, pero esa noche no importaba nada más, excepto aquella sensación.

Marielle le indicó con un dedo que se acercara y él gruñó mientras empezaba a subir lentamente los escalones hacia el rellano.

Su melena rubia cayó sobre sus hombros y el vestido que llevaba se ciñó a sus curvas al echar hacia atrás los brazos para buscar la cremallera. Íñigo se quedó unos escalones más abajo, observando cómo se la bajaba y su piel quedaba al descubierto. Tenía un pequeño tatuaje en el hombro izquierdo que no había visto la primera vez que habían estado juntos.

Subió los escalones de dos en dos para alcanzarla y la rodeó por la cintura antes de atraerla hacia él. Después, usó los dientes para bajarle el fino tirante por el brazo. Pudo ver mejor el tatuaje. Era una serpiente enrollada a una manzana a la que le faltaba un mordisco.

—¿Qué significado tiene? —preguntó acariciándolo.

Ella sacudió la cabeza.

—Pecado. Me lo hice más que nada para fastidiar a mi madre, pero también porque sé que no se puede fingir ser lo que no se es.

Pecado. La palabra resonó en su cabeza y lo removió en su interior. ¿Sentía indiferencia por su aventura con José tal y como parecía o le había calado hondo?

Dejó de pensar en eso. Le acarició un omoplato. Su piel era suave y tersa. Sintió que se estremecía bajo su caricia y Marielle se volvió hacia él. Al hacerlo, el vestido cayó, descubriendo la curva de su cintura.

Volvió a tomarla en brazos y la llevó por el pasillo de su habitación. Encendió la luz con el codo al entrar y la dejó de pie junto a la cama. Ella lo miró sonriente.

–¿Qué es lo que te pone el motor a mil?

Él gimió.

–¿De verdad lo quieres saber?

–Me gustan los juegos de palabras.

–Eso no es…

Marielle dejó caer el vestido al suelo y se quedó vestida con tan solo unas bragas negras diminutas y aquella sonrisa suya que traería de cabeza a cualquier hombre.

No podía pensar. Buscó sus pechos. Estaba muy excitado y su erección crecía. Cada vez que percibía el aroma de su perfume, sus latidos parecían estar diciendo su nombre: Marielle, Marielle, Marielle…

La agarró por la cintura y la atrajo hacia él, mientras ella se afanaba en desabrocharle los botones de la camisa. Se quedó mirándola unos instantes y entonces se dio cuenta de que tenía a una mujer casi desnuda entre los brazos.

Lo estaba acariciando de una manera que le hacía sentir el único hombre sobre la tierra. Al verla echar la cabeza hacia atrás con los ojos entornados, aprovechó para besarle el cuello. Le ardía la sangre en las venas y, por la forma en que sus caricias estaban bajando por su cuerpo, su erección creció aún más.

Sintió sus dedos fríos en la piel al bajarle la camisa. Después de quitársela, la atrajo entre sus brazos, deleitándose con la sensación de sus pechos desnudos contra él.

Íñigo no pudo evitar dejar escapar un gruñido cuando sintió su boca cálida en el cuello. Lentamente fue mordisqueándolo hasta llegar al pecho y le mordió el pezón izquierdo, lo que le hizo sobresaltarse. Alzó la mirada, sus ojos grises centelleaban.

—¿He hecho mucha fuerza?

—No demasiada.

La miró entornando los ojos mientras se desabrochaba los pantalones y liberaba su erección. Su lengua acarició su pezón y se le puso la carne de gallina. Empujó con las caderas hacia delante y ella buscó con la mano la apertura de sus pantalones y lo acarició.

Íñigo deslizó las manos por su espalda desnuda. Quería convencerse de que su excitación se debía a que hacía mucho tiempo que no había estado con una mujer, pero sabía que era por ella. Era fruta prohibida. Su jefe la conocía por su nombre, su hermana la odiaba y su mejor amigo pensaba que podía traerle problemas.

Pero no podía resistirse. Siempre había sido el Velasquez sensato, pero ¿habría sido tan solo una

ilusión? ¿Sería porque siempre había ido demasiado rápido como para darse cuenta de que era
tan impulsivo como sus hermanos?

Marielle no se mostraba tímida con sus caricias
y eso le gustaba. Bajando desde sus hombros, fue
trazando lentamente el recorrido de sus costillas
antes de continuar su camino descendente.

Por un lado, deseaba dejarle hacer lo que quisiera, pero por otro, era consciente de que era la
segunda vez en un año que tenía sexo, y estaba al
límite. Le costaba controlarse.

Marielle deslizó la mano por su cinturón y le
rodeó la cintura hasta llegar a la cremallera abierta. Íñigo contuvo el aliento y ella le guiñó un ojo.

Tomó su miembro erecto en la mano y lo acarició por encima de la ropa interior. Se había for-
mado una pequeña mancha de humedad junto
a la punta. No iba a durar mucho más. La atrajo
entre sus brazos y la estrechó contra él para sentir
sus senos desnudos contra su pecho.

Luego se echó sobre la cama, le separó las
piernas y la hizo sentarse sobre su regazo. Se bajo
los calzoncillos hasta liberar completamente su
miembro y empujó con las caderas buscando sentir su calidez.

Sabía que debía buscar un preservativo, pero
se tomó un momento para disfrutar de aquella
sensación. Se inclinó hacia la mesilla, sacó un preservativo y se lo entregó. Después la levantó tomándola por la cintura y le bajó las bragas.

Marielle volvió a colocarse sobre sus muslos,
abrió el envoltorio del preservativo y se lo puso.
Luego se sentó a horcajadas sobre Íñigo, que la
tomó por la cintura y la atrajo hacia él. Intentó

dejar que fuera ella la que llevara el ritmo, pero parecía empeñada en provocarlo y ya estaba al límite. Se aferró a sus nalgas y empujó con las caderas para hundirse en ella. Una vez dentro, se quedó quieto.

Ella se aferró a sus hombros y clavó las uñas en su piel cuando sus bocas se encontraron. Tenía los pezones erectos y se apartó de su boca para observarlos junto a su pecho.

Deslizó las manos por su espalda, recorriendo con sus uñas toda su longitud hasta llegar a la hendidura previa a su trasero.

Ella cerró los ojos y contuvo el aliento mientras él la acariciaba con un dedo el pezón. Era aterciopelado en comparación con la suavidad satinada de su pecho. Le pasó el dedo por encima una y otra vez hasta que se mordió el labio inferior y se movió sobre su regazo.

Marielle emitió un suave jadeo que Íñigo ahogó rápidamente en su boca. Luego ladeó la cabeza y le ofreció sus labios. Permaneció así, a horcajadas sobre él, de modo que solo tenía dentro la punta de su erección.

Le pasó la uña por el pezón y la sintió estremecerse entre sus brazos. Luego, la empujó ligeramente hacia atrás para poder verla. Tenía los pezones tensos, los pechos hinchados y ansiaba su boca. Íñigo bajó la cabeza y succionó.

La sostuvo con una mano en la parte baja de la espalda y con la otra tiró de su melena para que se arqueara sobre su brazo. Sus pechos apuntaban hacia él.

No quería que aquello fuera algo más que una relación física. Era la segunda vez que estaban juntos y quería que aquella fuera una noche de venganza. Pero lo último que tenía en mente era vengarse.

Marielle apretó con sus caderas, tratando de sentirlo más adentro e Íñigo supo que los preliminares habían acabado.

Empujó un centímetro más, hundiéndose en su cuerpo dulce y menudo. Tenía los ojos cerrados y sus caderas se agitaban buscándolo, y cuando sopló sobre uno de sus pezones, vio cómo se le ponía la carne de gallina en todo el cuerpo.

Le gustaba cómo reaccionaba a las caricias de su boca. La mordió en la base del cuello mientras la embestía profundamente. Sabía que le iba a dejar una marca con sus dientes y la idea le agradaba. Quería que cuando estuviera sola más tarde, recordara aquel momento y lo que habían hecho.

Continuó besándola y acariciándola, pellizcándole los pezones hasta que se aferró a su pelo y agitó las caderas buscándolo. Él empujó hacia arriba con las suyas, penetrándola.

Con cada centímetro que avanzaba, Marielle abría más los ojos. Luego se aferró a sus caderas, entornó los ojos y dejó caer la cabeza hacia atrás mientras él empezaba los embates.

Se inclinó y le mordisqueó suavemente un pezón. Al hacerlo, sintió que se tensaba. Sus caderas se movían más rápido, demandando más, pero mantuvo el ritmo lento y estable para que aumentara el placer.

Lamió su pezón y giró las caderas para llegar a su rincón más placentero con cada embestida. Sintió sus manos hundiéndose en su pelo mientras echaba la cabeza hacia atrás.

Íñigo alteró el ritmo de sus embates, buscando liberar la tensión de la base de su columna vertebral. Quería encontrar la manera de pasar todo el tiempo posible dentro de su cuerpo, abrazado por sus suaves piernas.

Se puso rígido y sintió el resonar de sus latidos en los oídos. Todo su mundo se concentraba en aquella mujer.

Gritó su nombre al correrse y la miró a los ojos sin dejar de embestirla. Vio cómo los abría de par en par y sintió las contracciones de su cuerpo al alcanzar el orgasmo. Giró las caderas hasta que dejó de sacudirse contra él. Ella lo rodeó por los hombros y lo besó debajo de la barbilla.

Quería creer que nada había cambiado, pero sabía que no era así. Hasta ese momento, había pensado que la venganza era la única solución. Estaba empezando a sentir algo por Marielle, a ver más allá de la mujer que había hecho daño a su hermana. Estaba descubriendo no solo a alguien vulnerable y sexy sino muchas otras cosas que desconocía que estuviera buscando.

Capítulo Nueve

No estaba seguro de si se había quedado o se había marchado, así que no se atrevía a salir de la cama. Pero como nunca había sido un hombre que se escondiera de nada, se levantó. Después de ir al baño oyó música de piano abajo. En el salón de su apartamento había un piano porque Bianca le había dicho que quedaría bonito en el reportaje que la revista *Urban Living* le había hecho. Se puso unos pantalones de chándal con el logotipo de Moretti Motors y una camiseta y bajó más rápido de lo habitual, saltándose su rutina de ejercicios.

Allí estaba, de pie ante el piano, tocando las notas de una pieza clásica que no acababa de identificar. Estaba convencido de que era Debussy, pero sus gustos musicales iban más por el rap.

—Buenos días —dijo él.

Ella se volvió y le sonrió, recortada a contraluz por las luces del pasillo que llevaban a la cocina. Su larga melena rubia le caía suelta por los hombros. Llevaba una de sus camisetas, dejando sus largas piernas desnudas. Íñigo sintió un nudo en el estómago. Había pretendido que la noche anterior fuera la última vez que estuvieran juntos. Ambos parecían haber estado de acuerdo en que así fuera, pero esa mañana no había la misma tensión que la vez anterior.

La música dejó de sonar y lo miró. Se la veía somnolienta, pero le sonrió.

—Espero no haberte despertado.

—No, no me has despertado. Tengo que ir a una sesión de pruebas. No sabía si seguirías aquí.

—Iba a marcharme, pero no quería irme sin más. La última vez no nos despedimos y esta vez... Bueno, pensé que debíamos poner fin a esto oficialmente.

—Desde luego —convino él—. ¿Necesitas ropa?

—Mi asistente está de camino con algunas cosas. No creo que me quedaran tan bien como a ti tus pantalones.

Íñigo sonrió ante su comentario. Se lo estaba tomando con calma y él haría lo mismo.

—Bianca tiene algo de ropa aquí.

—No quiero ponerme la ropa de tu hermana.

—Sí, claro.

Era evidente que necesitaba un café. No había estado muy acertado con su comentario.

—¿Café? —le preguntó.

—¿Tienes té verde?

—Puede que tenga algo. Iré a ver —dijo pasando a su lado en dirección a la cocina.

En cuanto llegó a la cocina, soltó el aire que había estado conteniendo sin darse cuenta.

Todavía la deseaba.

¿Cómo era posible?

La noche anterior debería haber saciado su deseo por ella. Pero ¿qué hombre podría resistirse a Marielle vestida con una camiseta y tocando el piano? Resultaba tan sexy y sensual que tuvo que contenerse para no volver al salón y hacerle el amor sobre el banco del piano.

Se acercó a la máquina de café que le habían regalado el año pasado después de hacer un anuncio para la compañía y apretó el botón de encendido. Luego cayó en la cuenta de que no tenía ni idea de dónde guardaba su ama de llaves el té.

Empezó a abrir los armarios y de pronto se detuvo. Marielle había dejado de tocar y sabía que su comentario sobre Bianca le había afectado. No podía hacer otra cosa que prepararle el té e irse a entrenar.

Por fin encontró dónde estaba guardado el té. Estaba en una caja de caoba que le habían dado después de completar la vuelta más rápida en el gran premio de Singapur del año pasado.

Volvió al salón y la encontró sentada al piano, mirando su móvil. Tenía los hombros encorvados y tuvo la impresión de que había recibido malas noticias.

—¿Estás bien?

—Sí.

—Mira, he encontrado esto. ¿Hay algún té aquí que te apetezca?

Tomó la caja y la dejó en el banco, a su lado. La abrió y buscó entre la selección. Luego le entregó una bolsita de té, que él tomó junto con la caja.

—¿Cuándo aprendiste a tocar el piano?

—Empecé con seis años. Uno de mis hermanos tenía talento y mis padres pensaron que tal vez a mí también me gustaría. Creo que durante una temporada tuvieron la esperanza de que formáramos un dúo. Pero Leo perdió interés cuando llegó a la adolescencia. Al parecer, las chicas le atraían más que el piano.

Íñigo sonrió.

–¿Y tú continuaste?

–Yo era la hija florero, así que les pareció lo mejor.

–¿Florero?

–Lo siento. Estoy lidiando con algunos asuntos familiares y me siento fatal –admitió.

–Yo también lo siento. ¿Quieres que hablemos de ello o quieres que vaya a prepararte el té?

–¿Por qué tienes que ser un Velasquez?

Se sentó al lado de ella, la rodeó por los hombros con el brazo y la estrechó contra él durante unos segundos.

–No lo sé –dijo, y después de unos instantes de silencio, continuó–: Cuéntame qué problema tienes con tu familia. Así dejaremos de pensar en nosotros.

–No creo que vaya a ser tan fácil.

Íñigo tocó en el piano los acordes de una vieja melodía que recordaba.

–No lo sabremos si no lo intentamos.

–Está bien –dijo ella–. Mi padre tuvo una aventura dos años antes de que yo naciera. Era un destacado congresista y la identidad de la joven con la que tuvo la aventura se supo. Fue un gran escándalo. Mi padre lo justificó alegando el tópico de la crisis de la mediana edad, como si eso lo explicara todo. Según Darián, mi hermano mayor, aquello hizo que mi madre cambiara. Para ella fui un consuelo. Fui el fruto de la reconciliación de mis padres y la demostración al mundo de que seguían siendo una pareja sólida.

***

No debería haberle contado a Íñigo las circunstancias de su nacimiento, pero estaba triste y en aquel estado de ánimo, se sentía derrotada. Además, para él no era más que su conquista de la última noche. Aunque quisieran ser más, no era posible. Se lo había confirmado cuando se había sentado a su lado en el banco del piano.

Aquellas sensaciones habían empezado al tocar el piano, o tal vez al despertarse a su lado. Nunca lo reconocería, pero lo cierto era que hacía mucho tiempo que no dormía tan bien como lo había hecho entre sus brazos.

—Eso es terrible. Estoy seguro de que no es cierto. De niña te pudo parecer así, pero tus padres te quieren.

Ella rio.

—¿Cómo lo sabes? ¿Crees que los conoces de verlos en prensa y programas de televisión?

—No, lo digo pensando en mis padres. Cuando era niño, pensaba que querían más a mis hermanos gemelos porque siempre recibían más atención. No fue hasta que me hice mayor que me di cuenta de que realmente necesitaban atención. Los demás hermanos nos las sabíamos arreglar solos. Diego siempre se ha sentido más cómodo entre caballos que entre gente. A Bianca le gustaba la moda e ir a lo suyo, y yo tenía las carreras.

Marielle lo miró. Era un hombre contradictorio, a veces descarnadamente honesto y otras muy dulce. Deseó estar equivocada respecto a sus padres, pero sabía que no lo estaba, teniendo en cuenta que su madre se mostraba reticente a invitarla a actos que organizaba. El caso era que la mayoría de las veces a Marielle no le importaba lo que sus padres pensaran. Estaba ocupada con sus cosas, al igual que ellos con las suyas.

–Eso está bien, pero soy la prueba viviente de que él la engañó y ella quiso marcharse. Mi padre la convenció para que se quedase. Se suponía que gracias a mí, las cosas entre ellos mejorarían, pero mi madre tuvo un embarazo y un parto difíciles. Tampoco le gustó tanto como pensaba tener una hija y todo el mundo se sorprendió de que mi padre se interesara por mí. Apenas había dedicado tiempo a los chicos cuando eran pequeños y eso empeoró las cosas entre ellos. Concedieron muchas entrevistas a la prensa después de mi nacimiento porque Carlton, el portavoz de mi padre, pensó que eso ayudaría en las encuestas.

Íñigo se quedó mirándola y se dio cuenta de que se había sincerado demasiado. Estaba harta de cargar con aquello y esa mañana tenía la guardia baja.

Él no dijo nada. La atrajo entre sus brazos y la estrechó contra él.

–Dios, qué desastre.

Ella sonrió.

Una vez más, Íñigo había dicho lo correcto.

¿Por qué no lo había conocido a él en vez de a José?

–Así es. Ya conoces mi peor cara, así que compartirlo contigo no parece tan malo.

–Me alegro. A pesar de todo, me alegro de haber pasado la noche juntos.

Ella asintió y apartó la vista de él, fijándose de nuevo en el teclado.

–Sí, yo también.

–¿Por qué estabas pensando en ellos?

Ella negó con la cabeza. Eso no iba a contárselo. Eran unos desconocidos que se atraían, y eso era suficiente. Decidió que ya se había abierto bastante.

–Quién sabe –dijo ella–. ¿En qué consiste la sesión de pruebas?

–Estoy probando nuevas cabinas en las instalaciones. Mi equipo de ingenieros ha introducido algunos cambios de mi última carrera en el simulador. Hemos cargado varias pistas y condiciones climáticas adversas para ver cómo reacciono ante las diferentes variables.

Marielle se sentó sobre una pierna y se quedó estudiándolo.

–Eso es fascinante. Cuando trabajé para la Fórmula Uno, nunca supe lo que hacían los pilotos cuando no estaba corriendo.

–Sí, hay mucho más aparte de sentarse detrás del volante. Me fascinan los detalles técnicos, y como soy muy amigo de uno de los técnicos, sé más de esa parte que la mayoría de los pilotos. Pero se me escapan muchas cosas. A lo que me refiero es a que les digo lo que quiero que hagan en el coche y ellos hacen las modificaciones aquí en las instalaciones o en el remolque para ajustarlo. Es genial.

Ella sonrió. Estaba muy guapo cuando se ponía a hablar de coches. Se dio una bofetada mentalmente. No podía enamorarse de él y nunca serían amigos. Había demasiada historia entre ellos para que eso ocurriera.

–Bueno, ¿quieres tu té? –preguntó él después de unos minutos.

–Sí –respondió justo en el instante en que recibió un mensaje en el teléfono–. Mi asistente está abajo con mi ropa.

–Avisaré al portero para que la deje subir.

–Es un hombre –lo corrigió–. Lo llamamos PJ.

–De acuerdo –dijo Íñigo, y apretó un botón de su teléfono para decirle al portero que dejara subir al asistente.

Luego se levantó del banco y se quedó de pie unos segundos.

–Me gusta cómo tocas el piano. Deberías hacerlo más a menudo.

Se fue de vuelta a la cocina y Marielle se quedó viendo cómo se marchaba. Se recordó que esta vez, la despedida sería para siempre.

Íñigo no se sorprendió al llegar a las instalaciones de Moretti Motors y encontrarse a Dante trabajando delante del ordenador. Mateo estaba corriendo el circuito de Merlbourne y los jefes de ambos lo estaban siguiendo desde la sala de reuniones. Se había enterado de que Malcolm había sido invitado a las pistas para que cuando hiciera sus apuestas, todo el mundo pensara que tenía información confidencial.

Se frotó la nuca. El baile y el sexo con Marielle lo habían atontado. Se sentía tan relajado que no sabía si estaba preparado para ponerse delante del volante. Por lo general, estaba tenso y concentrado y no le parecía del todo mala aquella sensación.

–Íñigo, métete en la cabina y veamos qué te parece esta configuración.

Se fue a la cabina y empezó a abrocharse los

cinturones. Luego se puso el casco, flexionó los dedos haciendo crujir los nudillos y se agarró al volante. Se quedó escuchando lo que le decían los ingenieros y en cuanto el semáforo se puso en verde, aceleró en la pista simulada. Sus instintos estaban más agudos que la última vez. El coche parecía una extensión de él y tomaba todas las curvas con suavidad. Siguió acelerando y disfrutando de la conducción hasta completar las vueltas y cuando paró, no oyó nada por los auriculares.

–Chicos, ¿qué tal ha ido?

–Bien, increíblemente bien. Todavía tenemos que hacer alguna comprobación –respondió Dante.

Íñigo salió del simulador y se encontró con que todos estaban concentrados delante de sus monitores. ¿Sería que aquel estado de ánimo tranquilo lo había hecho conducir como un novato? ¿Habría cometido un enorme error con ese cambio de rumbo en su vida?

–¿Cómo te fue anoche? –preguntó Dante cuando Íñigo se acercó a él.

–Bien, muy bien –contestó–. ¿Qué tal tiempo he hecho?

–Todavía estamos comprobando algunas cosas. Ya he introducido los datos y supongo que enseguida sabremos algo –dijo Dante, volviéndose para mirarlo–. Así que te fue bien anoche, ¿eh? Supongo que has renunciado a ese asunto de la venganza.

–Sí, no creo que vuelva a verla otra vez. Anoche fue… la despedida.

Dante sacudió la cabeza, sonriendo.

–Si cualquier otra persona me dijera eso, pensaría que está mintiendo. Pero tú tienes sangre fría en lo que a mujeres se refiere.

—No soy frío —protestó Íñigo.

—Claro que lo eres, y te lo digo con envidia. Me gustaría parecerme a ti —dijo Dante—. Las relaciones son complicadas, pero tú siempre te las arreglas para salir ileso. Y tampoco acabas mal con las mujeres con las que te lías. Ellas también son de sangre fría.

Íñigo no estaba seguro de si le agradaba la forma en que Dante lo estaba describiendo. No podía discutir con su amigo porque había dado en el blanco, pero no era ese el hombre que quería ser.

—Sí, soy un afortunado —dijo, sintiendo cierta tensión en su estado zen.

Marco entró en la sala seguido de Keke. Ambos tenían una expresión en sus rostros que Íñigo no había visto antes. Se puso nervioso. Demonios, ¿por qué se había acostado con Marielle la noche anterior? Mantener el celibato durante la temporada de carreras había sido su forma de mantenerse centrado. La noche anterior no se había parado a pensar en la temporada ni en nada más, solo en Marielle.

En el momento había disfrutado, pero a posteriori, se arrepentía. Tal vez fuera porque la consideraba fruta prohibida o porque no le gustaba que nadie lo abandonara. Era siempre él el que se marchaba, pero con Marielle había sido diferente.

—Íñigo, queremos que vuelvas a conducir. Has hecho un tiempo menor que Mateo, el mejor que has hecho nunca —dijo Marco, con su acento italiano más marcado que nunca.

—No sé qué has hecho antes, pero repítelo –dijo Keke, dándole una palmada en el hombro.

—De acuerdo.

De repente le preocupó no ser capaz y supo que iba a volverse loco. Se apartó de todos, se volvió de espaldas y recordó a Marielle cuando la había dejado aquella mañana. Estaba sentada en el piano, tocando música clásica mientras lo observaba marcharse.

Le había costado marcharse. Quería volver y hacerle el amor allí mismo, en el banco del piano. Un escalofrío lo recorrió. Estaba entrando en aquel estado mental en el que era capaz de sentirse físicamente saciado de la noche anterior, pero con la emoción de volver a tenerla esa noche.

Se dirigió a la cabina del simulador, olvidándose de toda sensación que no fuera aquella mezcla de calma y excitación. Todos se apartaron y le dejaron hacer su parte. Incluso los ingenieros que lo ayudaron a ponerse los cinturones guardaron silencio. Estaban acostumbrados a los rituales de los pilotos. Flexionó los dedos y crujió los nudillos como solía hacer y puso las manos en el volante.

No había lugar para dudas y, durante la cuenta atrás, apartó de su cabeza todo lo que no tuviera que ver con la carrera. Como siempre, sintió que se fundía con el coche y sintió el asfalto bajo las ruedas a pesar de que era una simulación. Mientras conducía con destreza por la pista, el coche respondía de la misma manera que Marielle la noche anterior. Cada botón estaba estratégicamente colocado para que el motor siguiera rugiendo y haciendo exactamente lo que él quería.

Cuando paró y salió del simulador, miró a Marco y a Keke, que estaban de pie junto a Dante. Por sus caras, supo que había vuelto a hacerlo.

Y todo, gracias a Marielle. La mujer a la que le había dicho mentalmente adiós parecía ser la clave de que hubiera conseguido el mejor tiempo de toda su carrera.

Capítulo Diez

Malcolm abandonó las instalaciones de Moretti Motors y volvió conduciendo a la ciudad después de mandarle un mensaje al corredor de apuestas con el que había estado tratando. Luego, se detuvo en el arcén de la carretera y envió otro mensaje, esta vez a Mauricio Velasquez, su mejor amigo.

—Hola, ¿qué pasa? Me dijiste que ibas a estar unos cuantos días más en Nueva York.

—Sí, el asunto Moretti está candente. Estaba pensando que sería una buena idea reunirme con algún cliente aprovechando que estoy aquí. Tengo que mantenerme centrado y recordar que lo que paga mis facturas es el trabajo, no el juego.

—Muy bien, te mandaré información. De hecho, estoy interesado en una propiedad en el antiguo edificio de Hadley. La dueña vive allí y quiere venderla. Creo que Helena la conoció en una ocasión y, ¡cómo no!, lo sabe todo de mí, así que no quiere que sea su agente a pesar de estar autorizado para operar en compraventas en Nueva York. Pero no creo que tenga inconveniente en hablar contigo. ¿Puedes ir a verla hoy? —preguntó Mauricio.

Mauricio y Hadley habían pasado por mucho. En un momento dado, Mauricio se había acostado con otra después de haberle estado enviando

111

mensajes a Hadley diciéndole que quería volver con ella. Sin avisar, había aparecido por sorpresa en su casa y lo había sorprendido con otra mujer en la cama. Ahí mismo había roto con él y se había ido a vivir a Nueva York. Poco después, Mauricio se había dado cuenta de lo idiota que había sido por haberla dejado marchar y se propuso reconquistarla cuando Hadley volvió a Cole´s Hill.

—Sí, desde luego —dijo Malcolm—. No quiero quedarme con el corredor de apuestas mirando las quinielas y pensando que me podría hacer rico rápidamente.

—¿Estás bien? —preguntó Mauricio—. Si no estás seguro de poder hacerlo, Íñigo puede buscar a alguien. No hace tanto que has salido de la adicción al juego.

¿Estaba bien?

No.

Pero su prometida y su familia le había pedido que usara su experiencia, que también era su debilidad, para ayudarlos, y no quería defraudarlos. Nada era comparable a cómo se había sentido la primera vez que había decepcionado a Helena y se había prometido que no volvería a ocurrir.

Y aquello no era nada, un pequeño paseo al borde del precipicio, pero sí, podía hacerlo. Necesitaba demostrarse a sí mismo que ahora era más fuerte, que no volvería a caer. Porque Helena quería compartirlo todo con él: hijos, aniversarios, vejez… No podía volver a caer en aquella adicción. Quería hacerlo para demostrar que había superado aquello.

—Sí, estoy bien, solo necesito hablar. A veces me viene bien no pensar.

–Sé a lo que te refieres. Hablar contigo y con Hadley es lo que evita que me deje llevar por la ira. Sinceramente, nunca en mi vida he estado tan tranquilo como ahora. Mi padre piensa que es por Hadley. Dice que tener sexo con regularidad es lo que tiene.

Malcolm rio.

–Tu padre es un caso.

–Y tanto. Espero divertirme tanto como él cuando tenga su edad.

–Es un buen objetivo.

Ambos rieron y al cabo de unos segundos, Mauricio tomó la palabra.

–En serio, ¿estás bien?

–Sí. Gracias a Helena y a ti estoy limpio. Me ayudáis a tener los pies en el mundo real y no en esa nebulosa de jugador compulsivo que cree que con tan solo una apuesta se convertirá en un magnate.

–¿En un magnate? ¿En serio? –preguntó Mauricio.

–Sí, como los del Monopoly –dijo Malcolm, sintiéndose más normal–. Por eso me metí en el negocio inmobiliario.

–¿Sabes una cosa? Yo también. Cuando estaba en la universidad, trabajé un verano reformando una casa del pueblo. Fue entonces cuando me di cuenta de que, con buen ojo, se podía ganar mucho dinero reformando casas.

–No hay duda alguna de que tienes buen ojo –dijo Malcolm.

Estaba muy agradecido de todo lo que Mauricio le había enseñado sobre el mercado inmobiliario. Había estado luchando por mantenerse a flote en la agencia en la que había trabajado antes de que le invitara a trabajar con él. Nunca podría olvidar lo que su amigo había hecho por él.

Le había ayudado a centrarse y le había dado la posibilidad de convertirse en el hombre que quería ser, el hombre del que Helena se sintiera orgullosa.

–Tú también. Me alegro de tenerte en mi equipo –afirmó Mauricio–. Te mandaré la información. Avísame si necesitas algo más.

Colgaron y Malcolm volvió a poner el coche en marcha. Le agradaba saber que en su agenda del día tenía algo más de lo que ocuparse que de aquel favor para Moretti Motors. Necesitaba contar con su trabajo y con su vida.

Helena lo estaba esperando en el vestíbulo cuando volvió de Moretti Motors, y en cuanto lo vio, corrió hacia él para abrazarlo. Luego, se apartó para mirarlo a los ojos.

–¿Cómo te ha ido?

–Muy bien, ha sido sencillo –respondió–. ¿Te apetece venir conmigo a conocer a una clienta? Se trata de un apartamento en el antiguo edificio de Hadley. Después, puedes llevarme a ese sitio de bocadillos del que siempre estáis hablando Hadley y tú.

Ella asintió con la cabeza.

–Sí, me encantaría. ¿Vamos a quedarnos en Nueva York una temporada?

–No, una noche más y después nos volveremos a casa. Parece que esta clienta no quiere tratar con Mauricio porque conoce lo que pasó entre él y Hadley.

–Su pasado mujeriego se vuelve contra él.

–Algo así –dijo Malcolm.

Se sentía bien teniendo a Helena a su lado. Le inquietó cuando vio lo preocupada que había estado. Pero por la forma en que lo miraba de soslayo cuando pensaba que no estaba mirando, supo que seguía sin estar segura de él.

Sintió la tensión en la nuca. A veces le resultaba imposible no sentirse juzgado por ella y su familia. Él provenía de una zona modesta del pueblo y el señor Everton le había dejado bien claro que casarse con su hija no sería la vía fácil para entrar en el club de campo. Lo cual no le importaba porque no era algo a lo que Malcolm aspirase. Él tan solo quería vivir con la mujer que quería.

Ella deslizó la mano en la suya.

–No sé si sería capaz de hacer lo que estás haciendo –dijo poniéndose de pie y dándole un beso–. Tienes más coraje que yo.

Sus palabras eran un bálsamo para su alma, y sintió que la tensión desaparecía.

Marielle le había mandado un mensaje de texto a Darian para decirle que no se preocupara, que podía encargarse de su madre y de Carlton sin él. Le había contestado que contase con él si lo necesitaba y estaba segura de que así sería. Después de abrir su corazón a Íñigo, se había dado cuenta de cuánto resentimiento había acumulado al hacerse adulta. Hacía tiempo que había estado tomando decisiones solo para fastidiar a su madre.

Era como si estuviera saltando a la piscina y gritando «mírame, mamá» a una mujer que prefería pasar el tiempo tomando martinis y cotilleando con amigas. Lo había visto tan claro al salir de la casa de Íñigo que había sido como si se quitara un peso de encima.

No estaría mal usar los contactos de su familia, pero no los necesitaba. Se sentía muy satisfecha del hueco que se había hecho entre el mundo de las *influencers* basándose en las cosas que le gustaban. Sería un gran empujón que su madre la invitara a los actos que organizaba, pero tampoco era el fin del mundo.

Cuando volvió a su apartamento, se dispuso a escribir una serie de entradas. Su fotógrafo iba a ir después de comer para hacer una sesión de fotos para una entrada patrocinada. El patrocinador era la lujosa firma de joyas Hamilton con la intención de llegar a un público más joven.

Su teléfono vibró y vio que era un mensaje de Siobahn en su grupo de Snapchat.

¿Tuviste éxito anoche?

Sí, estuvo bien, no podía ser de otra manera.

Estoy en el estudio hasta las seis. ¿Puedes salir a tomar algo?

Tal vez. Me ha llamado mi madre y tengo que ir a verla. ¿Te apetece venir a los Hamptons?

No, pero llámame cuando vuelvas.

Dejó el teléfono y fue a por agua. Cuando volvió, vio que Siobahn había mandado otro mensaje que decía que si quería, podía ir con ella.

Sonrió para sí misma. Siempre se había sentido aislada por su sentimiento de inferioridad, lo que la había convertido en una víctima fácil para un hombre como José. Se sentía como si no mereciese encontrar un hombre libre y por eso había acabado con él. Habría sido sencillo echarle la culpa a su madre, pero lo cierto era que cada vez que había tenido que elegir entre varias opciones, siempre se había decantado por el que más fastidiara a sus padres.

Su teléfono sonó y vio que era el número de la casa de sus padres en los Hamptons. Antes de contestar, respiró hondo. Sintió la tensión en los hombros y aquel nudo en la boca del estómago que siempre aparecía ante la idea de hablar con sus padres o, peor aún, con Carlton.

—Aquí, Marielle —dijo, usando los modales que su madre se había empeñado en enseñarle de niña.

Siempre se presentaba. Su madre pensaba que era el máximo de la arrogancia asumir que alguien sabía quién eras.

—Hola —respondió su madre—. Me temo que tenemos una cena esta noche, pero voy a ir a la ciudad a una comida y podría quedar contigo después a tomar un café. ¿Qué te parece en el Ralph´s, a eso de las tres? ¿Te viene bien?

El tono de su madre era comedido, como si no estuviera segura de cuál sería la reacción de Marielle. Era una de las pocas veces que su madre le llamaba para proponerle hacer algo juntas.

—Sí.

—Estupendo, te incluiré en mi agenda. Hasta luego —dijo y colgó.

Marielle dejó el teléfono y se quedó pensando en su madre. No parecía que fuera a cambiar y sabía que tenía que tener cuidado de no proyectar en su madre los sentimientos de la relación que quería. Su terapeuta le había ayudado a darse cuenta.

¿Por qué la vida tenía que ser tan complicada?

Llamaron a la puerta y oyó a PJ abrir. Un momento después, apareció con un jarrón lleno de peonias rosas.

—Para ti.

—Vaya, me pregunto de quién serán.

Tal vez de la compañía que había conocido el otro día.

Sacó la tarjeta una vez PJ volvió a tomar la tableta para seguir revisando los mensajes que Marielle había recibido.

Abrió la tarjeta y leyó el mensaje impreso:

Gracias por lo de anoche. ¿Quieres cenar conmigo esta noche? Me gustaría que consideráramos la posibilidad de seguir viéndonos.

Íñigo

Lo leyó y lo releyó una y otra vez.

Sabían que eran como el aceite y el agua, que no se mezclaban. No importaba que ardieran en llamas cada vez que estaban juntos. Aquella danza que estaban siguiendo tenía que terminar.

Pero aun así, no quería decir que no.

Le apetecía volver a verlo. Le había hecho ver el mundo de una manera que desconocía y, aunque una parte de ella sentía que lo estaba usando, otra parte estaba deseando descubrir qué pasaría si pasaban más tiempo juntos.

***

Cenar en su casa tenía cierto mensaje, justo el que quería transmitirle: que disfrutaba acostándose con ella, pero que eso era todo.

Se pasó las manos por el pelo.

Aquello era una estupidez, pero tenía que comprobar si acostándose con Marielle era más rápido. Marco había visto una foto de él con Marielle de la noche anterior cuando se estaban metiendo en el coche. Al parecer, los paparazis habían estado vigilando la puerta. No recordaba nada, salvo sus ganas de estar a solas con ella.

Marco le había contado que su manera de conducir había cambiado gracias a una mujer: su esposa. Eso hacía que Íñigo se sintiera reacio a seguir con Marielle. No le había dicho nada a su jefe de que había sido la amante de José. Dante había analizado sus tiempos y había advertido un ligero repunte.

Si se paraba a pensar en ello, se sentía aturdido. ¿Estaba con ella porque creía que le hacía correr más rápido?

La respuesta sencilla era que sí. Hacía demasiado tiempo que el campeonato se le resistía, pero también sabía que no podía aprovecharse de ella. Tenía que dejarle claras cuáles eran sus intenciones.

Se sentía como su padre. ¿Sería un sentimiento anticuado? No esperaba un anillo de él. Tenía sus propios asuntos de los que ocuparse y no lo necesitaba a él. El sexo era simplemente eso: sexo.

¿Por qué sentía un nudo en el estómago al pensar aquello?

Con ella había sido diferente desde el principio y no podía achacarlo a que había puesto fin a su autoimpuesto celibato. Era más que eso.

Había algo más. De nuevo sintió esa tensión en la nuca ante el presentimiento de que aquello no iba a ser tan sencillo como le gustaría.

Pero no estaba dispuesto a perderla si eso significaba ganar.

Le había mandado flores y había accedido a cenar en su casa. Había pedido la comida a uno de sus restaurantes favoritos, y le habían mandado al segundo jefe de cocina para que preparara y sirviera la cena en su apartamento con vistas a Central Park. La ciudad estaba cubierta de nieve y, al mirar por el ventanal, casi tuvo que pellizcarse.

Las carreras le habían dado una buena vida, aunque tampoco había sufrido penalidades de niño. Su padre tenía un rancho con caballos y se había criado en un entorno de riquezas y privilegios. Pero aquello era diferente, aquello se lo había ganado él solo y era suyo.

Su teléfono vibró con el mensaje del portero avisándole de que Marielle había llegado. Le contestó diciendo que la dejara subir y luego avisó al cocinero de que en unos treinta minutos estarían listos para cenar.

Se fue a la puerta a esperar. Llegó al cabo de unos minutos con el pelo recogido en una coleta, unos pantalones ajustados de cuero y un jersey que marcaba las curvas de sus pechos. Tuvo que hacer un gran esfuerzo para no desviar la mirada a su escote.

Le sonrió y ella arqueó las cejas.

—Pensé que habíamos acordado que lo de anoche era una despedida —dijo Marielle entrando en su apartamento.

—Cambio de planes.

Dudaba si decirle que gracias a ella era más rápido.

Estaba hecho un lío. ¿Y si no era por ella? Había trabajado muy duro durante el último año.

Dante le había advertido que fuera prudente y no lo achacara todo a ella.

—Cierto. Así que…

—Tengo a un chef preparándonos la cena. Mientras esperamos, ¿quieres tomar algo?

—¿Qué estás tomando tú? Pensé que en temporada de carreras, lo único que bebías era agua.

—Y así es, pero de vez en cuando hago una excepción. Además, he descubierto que me pasa como a mi hermano Mauricio, que cuando bebe se pone de mal humor, así que lo evito siempre que puedo.

—Está bien, me conformo con agua con gas y unas gotas de lima.

—Siéntate junto a la chimenea y enseguida voy con las bebidas.

Había encendido el fuego de la chimenea, pensando que sería más romántico.

Estaba en la barra, mirando las limas que el chef había preparado un rato antes y pensando cómo era posible que hubiera considerado vengarse de ella. Ni siquiera era capaz de encontrar la manera de contarle cómo le había afectado en su rendimiento de ese día.

Solo de pensar en sugerirle que se acostaran

para seguir mejorando sus tiempos le parecía absurdo.

—¿Íñigo?

Se sobresaltó y vertió un poco del agua que acababa de servirle.

—¿Qué pasa? —preguntó ella—. Nunca te había visto tan lento ni tan nervioso.

Le llevó la bebida después de secar el vaso con una servilleta.

—Quiero hacerte una proposición.

—Estoy intrigada. ¿Se trata de una proposición decente?

Íñigo se sonrojó. Ella rio y echó la cabeza hacia atrás.

—Muy bien, oigámoslo. Pero como me ofrezcas menos de un millón, me voy a sentir insultada.

Siempre le sorprendía con sus reacciones inesperadas.

—El dinero podría ensuciar lo que tenemos.

Sentía que estaba recuperando su magia. Le hacía sentirse calmado, excitado a más no poder, pero calmado. Pero ¿por qué renunciar al sexo si ella estaba de acuerdo?

Capítulo Once

Una vez más la había sorprendido, pero ¿debería estarlo? Ambos estaban girando alrededor de la atracción que había entre ellos, aunque ninguno de los dos estaba dispuesto a admitir que podía haber algo más entre ellos que sexo.

Pero ¿sería posible?

—Así que no se trata de dinero —bromeó ella.

¿Qué quería? A veces se preguntaba por qué no daba con un tipo normal que solo quisiera charlar en una aplicación de citas y luego quedar para comer.

—Ya hablaremos de ello durante la cena. Lo tengo todo planeado.

—No es así como van las cosas. No puedes hacer un comentario así y luego dejarme con la intriga. Has dicho que tenías una proposición que hacerme.

Siempre le habían dicho que era muy directa. Su tía Tilly le había advertido en más de una ocasión que tenía que tomarse las cosas con calma y contar hasta diez antes de decir lo que pensaba. Nunca venía mal pensar antes de hablar, pero eso no iba con ella.

—Hoy en los entrenamientos he conseguido mi mejor tiempo. Lo hicimos tres veces para asegurarnos de que no había sido casualidad. Estaba probando una nueva configuración, pero eso no justifica la velocidad que he alcanzado hoy en el simulador. Parece que ha sido mi rendimiento y creo que se debe a lo de anoche –dijo él, y se volvió para mirar por el ventanal.

Ella vivía al otro lado del parque y sus vistas eran diferentes. Se acercó a él y se quedó a su lado.

Acababa de poner en palabras cómo se sentía ella. El sexo había sido una especie de terapia de desintoxicación de toda la basura que la había estado atormentando últimamente, y no le importaría volver a repetir. Pero sabía por experiencia que cuando había tratado de justificar una relación, la que había tenido con José, no había funcionado. Temía que lo que tenía con Íñigo pudiera convertirse en algo diferente de lo que había pasado la noche anterior, especialmente teniendo en cuenta la mala relación que tenía con la hermana de Íñigo.

–Yo también he tenido un momento de lucidez hoy. Creo que ha sido posible gracias a que estuvimos hablando.

–Quiero hacer algo más que hablar –dijo él con ironía.

–Lo suponía –replicó ella–. Pero me ha ayudado. Me dio una perspectiva que antes no conocía.

–Así que a ti te viene bien que hablemos y a mí que nos acostemos –dijo él, y sacudió la cabeza–. Parece más disparate dicho en voz alta que en mi cabeza.

Marielle estaba de acuerdo en que era una locura.

–No puedo ir contigo en la gira de la Fórmula Uno.

No quería pasar por lo mismo otra vez. Todas aquellas ciudades estaban ligadas a recuerdos de José, que ahora estaban teñidos de amargura por el hecho de que había estado jugando con ella durante todo el tiempo. No quería tener que lidiar con aquello y menos después de haber vuelto a encarrilar su vida.

Íñigo se frotó la nuca, se volvió para dejar su bebida en la barra y se acercó a ella.

—Ni siquiera sé si eres tú el motivo por el que mi forma de conducir está cambiando.

—¿Y?

Íñigo negó con la cabeza.

—No lo sé. Tenía una ligera idea de lo que iba a sugerir, pero estando aquí contigo no veo forma de hacerlo. Es un poco retorcido decirle a una mujer: «Vamos a acostarnos, a ver si gracias al sexo hago mejor en mi trabajo».

Marielle no pudo contener la sonrisa que asomó a sus labios y sacudió la cabeza. Ese era precisamente el motivo por lo que estaba en su apartamento, a pesar de que le había dicho algunas cosas muy desagradables en el pasado, y probablemente volvería a hacerlo. Era un hombre impredecible y a la vez sincero, y por eso sabía que le volvería a decir algo que le dolería. Carecía del tacto que tenían la mayoría de los hombres con los que había salido en el pasado, ese que les permitía decirle cosas que se creería a pesar de que la estaban mintiendo.

—No, no se puede decir eso, aunque reconozco que me gustaría hacerlo. Me gustas, Íñigo, pero no podemos tener una relación porque me llevo muy mal con Bianca, tu hermana. El sexo es increíble, eres divertido y disfruto mucho estando contigo.

Íñigo ladeó la cabeza y se quedó observándola unos segundos. Marielle no tenía ni idea de qué era lo que esperaba encontrar en su expresión, así que trató de mostrarse neutral y empezó a sentirse cohibida. Acabó volviéndose para mirar por la ventana. Estaba nevando y desde aquella altura todo se veía en calma. Era como estar dentro de una bola de nieve.

Desde allí arriba parecía tener una vida perfecta, esa que sus seguidores de las redes sociales pensaban que tenía. Sacó su teléfono, pero el reflejo en el cristal le impidió hacer una buena foto.

—¿Qué estás haciendo?

—Esperándote y tratando de inmortalizar esta nevada que está cayendo sobre la ciudad. Desde aquí arriba se ve…

—Ideal.

Asintió. Ideal era una buena palabra.

—Bueno, ¿qué vamos a hacer? —preguntó ella.

—Cenemos y después lo decidiremos. Cuando mencionaste a Bianca me di cuenta de que solo había pensado en cómo nos afectaría esto a ti y a mí, no a otras personas.

—Somos los únicos a los que nos atañe —dijo ella.

¿Se enfadaría su hermana por estar saliendo con ella? Seguramente. Marielle se pondría furiosa si alguno de sus hermanos saliera con la mujer con la que su ex le hubiera engañado.

Suspiró.

—De acuerdo.

La cena estaba buena, pero Íñigo no estaba de humor para disfrutarla. Deseó haberse mantenido fiel a su plan, pero en vez de eso estuvo incómodo frente a Marielle pensando en la manera tan estúpida que le había planteado su proposición. Su intención había sido ser más delicado, haber sido don Encantador por una vez en su vida. Debería haber llamado a Diego. Su hermano mayor siempre sabía lo que había que decir.

Pero no quería que su familia se enterara de que había estado acostándose con la mujer a la que Bianca tanto odiaba.

Una y otra vez mientras cenaban, estuvo pensando en ello. Marielle se estaba esforzando en mantener la conversación y él se limitaba a contestar con monosílabos y largos silencios.

Nunca se había sentido tan torpe con una mujer.

Su teléfono vibró en su bolsillo y cuando lo sacó, vio que Keke estaba abajo y quería subir.

–Uno de mis jefes está aquí –le dijo a Marielle.

–Muy bien. ¿Quieres que me vaya?

–No, no he sido amable y quiero compensarte. A ver qué quiere –dijo Íñigo.

Le escribió un mensaje diciéndole que podía subir.

–Al menos, tendremos a alguien que nos dé conversación.

–Sí. Nunca pensé que me iba a tener que esforzar tanto para hablar de nada.

–Lo siento. No es muy habitual en mí decirle

algo inapropiado a una mujer y luego permanecer callado.

–Lo sé y lo entiendo. No deberíamos estar haciendo esto. No importa si creer que soy la razón por la que ayer hiciste tan buen tiempo. Teniendo en cuenta nuestra conexión con José, nunca podremos hacer esto.

–Lo sé, se me había olvidado. Bueno, no del todo. Lo que quiero decir es que cuando te veo, no pienso en José ni en el pasado. Pero ahí está.

Antes de que Marielle pudiera contestar, se oyeron unos golpes en la puerta y fue a abrir. El alemán estaba allí, con una amplia sonrisa en su rostro. A su lado estaba Elena, su esposa.

–Disculpa por haber venido sin avisar, pero tenía algo en lo que quería que pensaras –dijo Keke y entró.

Miró hacia la mesa y al ver a Marielle, se volvió hacia Íñigo.

–¿Tienes una cita?

–Así es.

–¿Ves? Te dije que llamaras antes –dijo Elena–. Nada le detiene cuando empieza a pensar en las carreras –añadió dirigiéndose a Íñigo.

Pasó rozando a Keke y se acercó a Marielle. Se presentó y sugirió abrir una botella de vino y ponerse cómodos.

–Se supone que es nuestra noche de pareja. La primera en tres meses, pero Keke… Bueno, el mundo de las carreras es su vida.

–Mujer, ya sabes que te quiero más que nada, Pero Íñigo y yo tenemos que hablar de esto. Te prometo que no tardaremos más de media hora.

–Eso ya lo he oído antes –dijo Elena.

Luego, tomó del brazo a Marielle y se dirigieron al sofá frente a la chimenea.

—Lo siento —dijo Keke volviéndose a su amigo—, pero esto es importante. ¿Recuerdas los cambios que hicimos hoy en la configuración de la segunda carrera?

Íñigo asintió con la cabeza, pero su atención estaba dividida entre la explicación de Keke sobre cómo podía acortar un segundo más su tiempo cambiando de marcha en un momento diferente y observar a Marielle servir dos copas de vino, una para Elena y otra para ella.

Keke siguió hablando, pero lo único que Íñigo oía eran las risas de las mujeres. Al poco, su jefe y amigo lo rodeó con su brazo por los hombros.

—¿Estás bien?

—Sí.

Llevaba toda la tarde tratando de convencerse de que Marielle era la clave para ganar y en aquel momento estaba recibiendo el mensaje de que tal vez se le había escapado un detalle. Desvió la mirada hacia las mujeres y Keke se dio cuenta.

—No siempre es fácil lograr el equilibrio entre las carreras y una mujer —dijo Keke—. ¿Es la mujer que Marco mencionó?

Íñigo se volvió y se dirigió hacia el comedor. Keke lo siguió.

—Me pregunto si lo de hoy ha sido una casualidad.

—Por eso estoy aquí. Uno de mis puntos fuertes como piloto era la capacidad de analizar no solo el coche y la configuración, sino mi bienestar físico, lo que le pasaba a mi cuerpo y a mi mente. He venido para comentarlo.

–He pasado la noche y la mañana con Marielle –explicó Íñigo–. Ya sabes que siempre he procurado concentrarme en conducir y no dejar que nada ni nadie me distrajera, pero ella es diferente.

–Bien, ese es el tipo de cosas a las que debes prestar atención –dijo y se llevó la mano al bolsillo para sacar un cuaderno–. Este es el diario que llevé el año que gané el campeonato. Todo está ahí, incluso lo que hice mal. Ese año fui más feliz que nunca y creo que eso se veía reflejado cada vez que me ponía detrás del volante.

Felicidad, no sexo. Íñigo abrió el diario y le echó un vistazo. Keke era muy meticuloso, y anotaba todo desde que se despertaba. También detallaba el sexo con Elena, e Íñigo evitó leer esos párrafos. Pasó la página y se encontró con que Keke describía cómo se había sentido cuando se había clasificado para la carrera.

–Regresé al final de la carrera y subrayé las cosas que pensé que me habían ayudado –dijo Keke–. Marco cree que es todo palabrería, pero correr es mucho más que un motor. El piloto tiene mucho que ver y cree que estás empezando a entenderlo.

–Estoy de acuerdo –dijo–. Gracias, Keke. Creo que me será de ayuda.

–Bien, eso era lo que esperaba escuchar –dijo su amigo dándole una palmada en la espalda–. Marielle puede hacerte un mejor conductor, pero algunas mujeres pueden convertirse en la clase de distracción que ningún hombre quiere.

***

Marielle se divirtió con Elena y Keke más de lo que esperaba. Había tratado con muchos pilotos durante su año como azafata, pero de manera muy diferente a aquella agradable velada casera. Acabaron jugando a las cartas con la otra pareja, y conoció una faceta distinta de Íñigo. Al principio se le veía un poco nervioso, lo cual tenía sentido puesto que Keke era su jefe, además de antiguo campeón de la Fórmula Uno, pero según avanzó la noche, se fue relajando.

Elena le había dado algunos consejos acerca de salir con un piloto. Marielle le estaba agradecida y cayó en la cuenta de que mucha gente no sabía de su aventura con José. Carlton había hecho un buen trabajo para encubrirlo. En aquel momento le había molestado que hubiera intervenido. Pero pensando en cómo la habrían tratado Elena y Keke si lo hubieran sabido, se alegraba.

Entonces llegó a la conclusión de que si quería mantener aquello, aunque solo fuera una amistad con derecho a ciertos beneficios, iba a tener que hacer las paces con Bianca. Estaba empezando a sentir algo por Íñigo, pero tenía que ser prudente porque tenía facilidad para arruinar incluso la relación más sencilla.

—Deberíamos irnos. Le dije a la canguro que volveríamos a las once —dijo Elena—. Gracias por salvarnos la noche.

—De nada —dijo Marielle—. Lo he pasado muy bien.

—Yo también. Tienes mi número, llámame algún día para quedar a comer o a tomar café.

—Lo haré —dijo.

Elena se despidió de ella con un beso en la mejilla antes de marcharse con Keke. Nada más cerrarse la puerta, Íñigo se quedó apoyado en ella.

–Vaya visita inesperada.

–Y tanto. Pero creo que han salvado nuestra noche.

–Yo también lo creo –replicó él–. Escucha, me equivoqué al sugerir que nos acostáramos para mejorar mis tiempos. No quiero que esa sea la única razón por la que estemos juntos.

–Yo tampoco, pero sinceramente no veo posible que estemos juntos. Me refiero a que he tenido suerte de que no supieran que estuve con José, pero antes o después se enterarán. No quiero que eso te afecte.

Él negó con la cabeza y se frotó la nuca. Marielle se percató de que era un gesto que solía hacer cuando estaba decidiendo qué hacer. Estaban atrapados entre el pasado y aquello que había entre ellos. Casi había sido más fácil cuando había sido solo sexo. Pero esa noche todo había cambiado. Se estaban haciendo amigos y no podía hacerle daño a un amigo.

Tenía muy pocos y todos muy queridos. Era la primera vez que conocía a un hombre que la hacía sentir así, pero no significaba que deseara que lo suyo saliera adelante. De hecho, estaba bastante segura de que se iría.

Ella no tenía idea de cómo tratar con él. Pensó en la noche que habían pasado con la otra pareja. Lo que había visto entre Keke y Elena era diferente a todo lo que había experimentado antes. Le había gustado, pero eran muy hogareños y no era eso lo que le interesaba en aquel momento de su vida. Tenía decidido que el matrimonio no era para ella. ¿Se podría conformar con algo menos? ¿Y él?

Le había pedido que siguieran acostándose, así que suponía que se conformaba con mucho menos.

—Es una lástima que no podamos… no importa —dijo.

—¿Qué? No te pongas tímido conmigo, Fittipaldi. Nunca has dudado en decir lo que piensas.

Él se encogió de hombros.

—Iba a decir que nos viéramos a escondidas, pero creo que a ninguno de los dos nos gustaría.

—No —replicó ella.

Se apartó de él y se acercó a donde había dejado el bolso. No quería ser su amante secreto. Ya había pasado antes por eso.

—Creo que esto es una despedida.

Se volvió para mirarlo y luego recogió el abrigo y el recipiente que le había preparado el chef antes de marcharse con las sobras. Se puso el abrigo mientras Iñigo la observaba desde la puerta, sin saber muy bien qué hacer.

Tenía claro que quería salir de aquella ecuación. Ya estaba cansada de aquel mundo. Esa seguridad que había alcanzado después de la charla matinal con Íñigo era todo lo que necesitaba para convencerse de que tenía que pasar página. En aquel momento era una relación divertida, pero en el pasado había aprendido que podía volverse tóxica en cualquier momento.

—Espero que sigas mejorando tus tiempos —le dijo—. Creo que este año va a ser bueno para ti.

Ella se inclinó para besar su mejilla, pero él giró la cabeza y sus labios se rozaron. Sin pensarlo, profundizó el beso y empujó la lengua dentro de su boca mientras ladeaba la cabeza para facilitarle el acceso. Lo sujetó por la nuca y disfrutó de cada segundo del beso antes de separarse.

—Buenas noches.

Abrió la puerta y se marchó sin volver la vista atrás. Sabía que había tomado la mejor decisión. Aunque se arrepentía de no haberse acostado con él una vez más, tenía que admitir que aquel paso era el mejor que podía dar.

Aquella noche no pudo descansar y estuvo soñando con las caricias de Íñigo hasta que se despertó enfebrecida, algo con lo que iba a tener que aprender a vivir.

Capítulo Doce

–Gracias por ajustar tu agenda a la mía –dijo su madre nada más verla aparecer.

Habían quedado en el Waldorf a tomar té. Habían cancelado su encuentro del día anterior en el Ralph´s después de que la comida de su madre se alargara. Nunca perdía la oportunidad de hacer una visita al Waldorf cada vez que estaba en la ciudad, así que era la oportunidad perfecta para ponerse al día.

–No importa –dijo Marielle, sentándose frente a su madre–. Siento que el otro día las cosas se nos fueran de las manos mientras hablábamos por teléfono. Sé que tus actos sociales tienen un nivel y no quiero que te pongas en un compromiso por incluirme.

Su madre se recostó en su asiento y la miró entornando los ojos.

–No sé si hablas en serio o no.

–Por supuesto que sí –dijo Marielle–. El caso es que si me incluyes junto a otras *influencers*, subiría mi perfil, y tal vez consiguiera que algunas marcas de lujo me patrocinaran. Pero a la vez, no me vendría mal aumentar el número de seguidores por mí misma.

Su madre asintió.

–Tu nombre figura en la lista de *influencers* que la organización benéfica quiere invitar, así que alguien piensa que estás lista para moverte al siguiente nivel.

—Me alegro de oír eso. Sé que no has tenido ocasión de ver lo que hago en las redes sociales. Tal vez te gustaría acompañarme a algún acto para ver cómo me desenvuelvo y lo doy a conocer a mis seguidores.

Su madre se quedó perpleja durante unos segundos.

—No sé si tendré un hueco libre en mi agenda. He echado un vistazo a tus redes sociales y me gusta lo que haces con esas historias. Me sorprendió lo auténtico que parecía todo cuando lo vi. Me encantaron tus comentarios sobre Nochevieja.

—Gracias, la mayoría eran idea de Scarlet. Es mi mentora y me está enseñando cómo aumentar mi número de seguidores. Dice que hay que ser real, pero siempre manteniendo los límites. Es una pionera en lo suyo. Empezó con un programa de televisión y desde entonces no ha parado.

Marielle no le dijo que llevaba sin hablar con Scarlet desde el día de Año Nuevo, después de lo que le había pasado con Bianca. No quería contarle ese desafortunado encuentro. A su madre le había caído bien José aquella vez que lo había llevado a casa. Pero después de que muriera y sus padres se enteraran de que estaba casado, se habían quedado horrorizados, en especial su madre, puesto que su padre le había sido infiel.

Su psiquiatra le había preguntado si había tenido aquella aventura para fastidiar a su madre. ¿Había sido un comportamiento pasivo agresivo? No acababa de ver la relación. Su deseo era ser completamente diferente a su madre. Sabía que no podía sacar ese tema. Tal vez más adelante encontrara el momento de hablar con su madre sobre lo que había pasado el día de Año Nuevo.

—Es muy amable de su parte. Ella también está en la lista. Quizá podríais venir juntas. Mucha gente sabe que sois amigas y creo que estaría bien. Podemos comportarnos con normalidad sin tener que hacer una declaración pública de que somos madre e hija. ¿Te parece bien?

Era más de lo que Marielle esperaba, así que asintió.

—Gracias.

—No hay problema. Me sorprende que no hayas recurrido a Dare para que te sacara las castañas de fuego. Estuve pensándolo después de tu llamada. Sé que ha habido momentos tensos en nuestra relación, y significa mucho para mí que hayas venido a verme.

—Para mí también —dijo Marielle—. Hace poco he conocido a alguien que me está haciendo verme de otra manera, y eso me está ayudando mucho.

—Me alegro. ¿Quién es?

No estaba preparada para hablar de Íñigo y le sorprendía haberlo mencionado.

—Un hombre que conocí en la fiesta de Scarlet. Es divertido y encantador, y me ve como una mujer, no como Marielle Bisset. ¿Tiene sentido?

Su madre rio, asintiendo con la cabeza.

—Más de lo que crees. Es agradable ser simplemente una mujer de vez en cuando y recordar quiénes somos cuando no estamos en el punto de mira que sigue a tu padre allí donde va.

—Exacto.

Se terminaron el té y su madre le dio un abrazo antes de marcharse. Marielle estaba a punto de meterse en un taxi cuando sintió que alguien la estaba observando. Al levantar la vista, vio que se trataba de Elena, la esposa de Keke, que le sonrió y saludó con la mano.

—¿De qué conoces a Juliette Bisset? He intentado reunirme con ella para proponerle que use mi línea de trajes de baño en la fiesta que da todos los veranos, y siempre dice que no.

—Es mi madre —dijo Marielle.

—¿De verdad? Sois muy… diferentes. Vaya, escucha lo que acabo de decir. Creo que he pasado demasiadas horas con este jovencito —dijo Elena, y tomó en brazos a un niño.

El pequeño tenía el pelo muy rubio y los ojos llamativos de Elena. Miró a Marielle sonriendo y ella le devolvió la sonrisa.

—Está bien. Mi familia es complicada, especialmente mi madre. Llevo toda la vida intentando no parecerme a ella, así que me lo tomo como un cumplido.

—Me alegro de oír eso. Cuando empecé a trabajar como modelo no hablaba idiomas, así que me tomaban por una estirada. Me llevó bastante tiempo quitarme esa etiqueta. Lo que quiero decir es que sé lo que es que la gente piense que eres de una manera que no tiene nada que ver contigo.

—Gracias, Elena.

—De nada.

Marielle volvió a tener aquella sensación de que había tomado un nuevo giro y le gustó. Había pasado un rato con su madre y no había acabado diciendo algo de lo que se arrepentiría. Independientemente de lo que pasara, se lo debía a Íñigo.

Los tiempos de Íñigo no fueron tan buenos como el día anterior y quiso achacarlo a no haber pasado la noche con Marielle. Pero sabía que era porque no había estado concentrado en la conducción.

Además, tenía otro problema. Bianca había visto la foto en la que aparecía besándose con Marielle al meterse en el coche la otra noche. Le había mandado un mensaje, pero no le había contestado.

Marielle tenía razón cuando le había dicho que era imposible que pudiera haber algo entre ellos. Pero no podía dejar de preguntarse si habría alguna forma de que Bianca accediera a verse con ella y… ¿entonces qué? Para su hermana, Marielle siempre sería la amante de José.

Bianca siempre había luchado por encontrar la felicidad, y parecía haberla encontrado con Derek. Su hijo Benito tenía buenos recuerdos de su padre porque Bianca no había querido quitárselos, y estaba esperando otro bebé.

Les iba bien e Íñigo, que había dedicado mucho tiempo a conseguir lo que quería sin pensar en cómo afectaría a su familia, no iba a ser el que hiciera naufragar el barco.

−¿Qué está pasando hoy? −preguntó Marco, acercándose al simulador−. Tómate un descanso y despéjate. Si sigues conduciendo así, será mejor que mandemos al hijo de tres años de Keke a la carrera.

–Lo siento –dijo sacudiendo la cabeza–. Lo haré mejor la próxima vez.

Íñigo salió del simulador y se fue al pequeño cuarto que le habían preparado para él. Había un sofá en el que había dejado su bolsa al llegar aquella mañana. Sacó el teléfono para escuchar música y al hacerlo se le cayó el cuaderno en blanco que Keke le había regalado aquella mañana. Lo recogió, tomó un bolígrafo y empezó a escribir sobre sus sentimientos encontrados respecto a dejar marchar a Marielle. Lo que había descubierto sobre José le estaba haciendo cuestionarse muchas cosas que siempre había dado por sentadas. Siempre había creído que lo conocía bien y nunca se había dado cuenta de que había estado engañando a Bianca.

Ni siquiera lo había sospechado. Nunca lo había visto con Marielle ni con ninguna otra mujer, pero tras la muerte de José había quedado claro que había habido muchas mujeres.

Pensó en lo que Keke le había dicho. La felicidad era lo que le había hecho conducir mejor, pero no parecía ser una emoción que Íñigo pudiera alcanzar con facilidad. Recordó el día anterior y la sensación que lo había llevado a conseguir su mejor tiempo. Todo había empezado después de disfrutar de buen sexo. Cerró los ojos y se recostó en la pared, concentrándose en la lista de canciones que habían sonado en el club cuando estuvo bailando con Marielle. No pudo evitar imaginarse a Marielle bailando entre sus brazos en la pista.

Recordó la mezcla de olor a alcohol y perfume, y el roce de su cuerpo contra el suyo.

Respiró hondo varias veces, apartó aquel pensamiento y se puso de pie. Solo quería recordar lo que había sentido en el momento en que la había tenido entre sus brazos. Su cuerpo se estremeció al recordar cómo le había hecho el amor.

Volvió al simulador y le hizo una señal a Dante con la cabeza. Dante llamó a los demás para que ocuparan sus puestos mientras Íñigo se metía en el simulador.

Enseguida notó diferencia en su rendimiento. No sabía si sus tiempos volverían a ser tan buenos como el día anterior, pero se estaba dando cuenta de algo: no podía separar su vida de las carreras. No podía aislarse del mundo para conducir mejor. Hasta ahora, se había mantenido apartado de mujeres, alcohol y familia. Aunque no iba a volver a empezar a beber, tal vez había llegado el momento de fundir las dos cosas.

Y todo, gracias a Marielle. Sabía que no había sido su intención, pero lo había obligado a ver el vínculo entre las carreras y su familia. Cuando paró y salió del simulador, miró a Marco.

Su jefe asintió y le hizo un gesto con el pulgar hacia arriba.

—Mejor, sigue así. Esa es la clave. Mi hermano me necesita en Milán, así que Keke se quedará y me mandará los informes. Me gusta cómo estás mejorando, Íñigo. Para cada piloto, la clave para ganar es diferente. No es algo que pueda decirte, ni tampoco Keke a pesar de sus conocimientos, pero me da la impresión de que te estás acercando.

—Yo también lo pienso. Me gustaría tomarme libre el fin de semana para ir a casa. Mi hermana está a punto de dar a luz un bebé y me gustaría estar cerca.

Marco respiró hondo y sacudió la cabeza.

—¿Crees que puede interferir en tu forma de conducir?

—Sinceramente, creo que me puede ayudar. He estado muy aislado y eso no me ha ayudado a ganar.

—De acuerdo. Eres de Texas, ¿verdad?

—Sí, ¿por qué?

—Me gustaría que practicaras en una pista de verdad. Voy a pedirle a mi secretaria que te consiga la pista de Austin. ¿Te parece bien?

—Muy bien.

Marco se marchó e Íñigo se dio cuenta por primera vez desde que empezó a correr que se sentía cómodo siendo piloto. Siempre había pensado que aquella estrategia le haría conseguir los resultados que quería, pero no había sido así.

No hasta ahora. No hasta que había conocido a Marielle.

Dos días más tarde, Marielle estaba en una fiesta en casa de Siobahn celebrando el lanzamiento de su última canción. Había hecho una conexión en directo y a sus seguidores les había encantado. Luego se había ido a un rincón a sentarse y dejar de buscar a Íñigo. Aunque lo echaba de menos, no dejaba de repetirse que no lo necesitaba.

—Hola, ¿puedo sentarme contigo? —dijo Scarlet.

Estaba en su segundo trimestre de embarazo y, aunque se adivinaba su vientre abultado, se la veía tan esbelta como siempre.

—Claro, ¿qué tal estás? —preguntó a su amiga mientras se sentaba a su lado.

–Bien –contestó acariciándose la barriga–. Estaba deseando verte. Sé que las cosas no acabaron demasiado bien el día de Año Nuevo. No he tenido tiempo para llamar… Bueno, eso no es cierto. Al principio no sabía qué hacer. Alec y su familia te ven como a una especie de *femme fatale* y piensan que deberías llevar marcada una letra escarlata en el pecho.

Al oír en voz alta aquello que ya sabía sintió que se le abría una herida en el pecho. Le dolía, a la vez que la enfurecía.

–No importa, tampoco quiero formar parte de sus vidas.

–Bueno, de la de alguno sí.

Se mordió el labio inferior y volvió la cabeza hacia un lado. Sí, solo le importaba Íñigo.

–Eso se ha acabado.

–¿Ah, sí? Hace poco he visto una foto vuestra en alguna revista. Y sinceramente, fue esa foto la que hizo que me diera cuenta de lo estúpido que estaba siendo Alec. Me refiero a que se os veía muy bien juntos. ¿Por qué no daros una oportunidad? ¿Por qué debería enfadarme contigo por algo que pasó antes de que conociéramos a la familia Velasquez?

Marielle no pudo evitar sonreír ante el comentario de Scarlet, y acabó abrazando a su amiga.

–Gracias. Es una de las cosas más amables que me han dicho nunca. Significa mucho para mí. No creo que Íñigo y yo acabemos juntos, pero es agradable saber que cuento con tu apoyo.

–Por supuesto, tenemos que apoyarnos. Además, Siobahn me estuvo leyendo la cartilla. Me recordó que no puedo permitir que errores del pasado me hagan cambiar la opinión que tengo de una amiga. Sé que lamentas haberte dejado embaucar por las mentiras de José y si Bianca te conociera, se daría cuenta de que todavía te atormentas por ello.

Marielle rio. Siobahn seguía abatida después de que su ex se hubiera casado con otra apenas unas semanas después de dejarla.

—Ahora mismo ve el mundo desde una perspectiva muy singular.

—Eso no significa que esté equivocada —observó Scarlet.

—Que no te oiga decir eso. Se le subirá a la cabeza.

—¿A quién se le subirá a al cabeza? —preguntó Siobahn acercándose para sentarse con ellas.

—A ti.

—Mi nuevo sencillo está genial, ¿verdad?

—Es una canción sobre venganza. Creo que cuando Mate la escuche, va a enfadarse mucho —dijo Scarlet—. Me encantaría ver su reacción.

—Estoy segura de que la veremos. Ahora se prodiga mucho en la alfombra roja después de haber compuesto esa banda sonora. Seguro que alguien le preguntará —explicó Siobahn.

—¿Por qué lo sabes?

—Esta mañana estuve en un programa de radio e insinué que iba sobre él, pero sin dar su nombre. La vida es maravillosa.

Marielle conocía aquella sensación. Era duro tener el corazón roto y sentirse tan hundida. Aunque no era una persona que buscara humillar públicamente a sus ex, entendía por qué lo hacía Siobahn.

–¿Qué tal van las cosas con el piloto? –preguntó la cantante–. Deberías habértelo traído.

–No estamos juntos –replicó Marielle–. Nos hemos dado cuenta de que era muy difícil que lo nuestro funcionara, así que decidimos no seguir adelante. Es lo mejor.

–Os he visto…

–No, Siobahn. Sé que tu intención es buena, pero es imposible que estemos juntos. Estoy harta de que mi vida siga siendo un espectáculo.

–De acuerdo, pero te conozco. Parecía que te estabas enamorando de él.

–Pues más razón para no estar juntos –dijo Marielle–. ¿Cuándo nuestras historias de amor no han acabado en desastre?

–Disculpa, yo soy muy feliz –terció Scarlet.

–Es verdad, eres la excepción a la regla –afirmó Marielle–. Siobahn y yo no podemos correr el riesgo, no vaya a ser que te gafemos.

–Eso son tonterías, pero me gustaría que tuvieras las ideas claras antes de que incluyeras un hombre en tu vida. A mí me ayudó a centrarme el embarazo. No me quedó otro remedio que encontrar la manera de que lo mío con Alec funcionara. ¿Y sabéis una cosa? Me alegro de que no tuviera demasiado tiempo para pensar. Aunque ese hombre me vuelva loca a veces, nunca en mi vida he sido tan feliz ni he estado tan enamorada. Y además, me ama.

–Por supuesto. Sería un idiota si no lo hiciera –observó Siobahn.

Marielle pasó el resto de la velada con sus amigas y cuando se fue a casa, trató de convencerse de que le agradaba la soledad de su apartamento.

Era fuerte e independiente. No necesitaba a ningún hombre. De hecho, no necesitaba a nadie. Pero eso no significaba que no echara de menos a Íñigo.

Tenía la habilidad de hacerla reír por cualquier cosa. Se acercó a la ventana y recordó haberse asomado a la de él desde el otro extremo de Central Park. Esa noche no nevaba tanto, pero no estaba mirando hacia el parque sino a lo lejos, hacia aquel hombre al que no debía estar echando de menos.

Capítulo Trece

Ir a desayunar a Peacock Alley, en el Waldorf Astoria, era elegante y sofisticado. Íñigo no había estado nunca allí, pero Marielle conocía al maître y les había conseguido una mesa apartada del comedor principal. Su aspecto era diferente al que esperaba encontrar. Se había recogido la larga melena rubia en una trenza y unos cuantos mechones sueltos enmarcaban su rostro en forma de corazón. Aunque no paraba de sonreír, se adivinaba cierta tensión en su rostro.

Él también estaba tenso. Una cosa había sido encontrarse con ella en Ralph´s, pero esto... De nuevo, estaba considerando una idea que no estaba seguro de poder llevar a cabo.

Había estado dándole vueltas a la idea de vengarse, pero su corazón no era capaz. Por mucho que pensara que Marielle tenía que darse cuenta de todo el daño que le había causado a su hermana, era incapaz de mantenerse lejos de ella. Nunca antes se había enfrentado a un dilema como aquel. Siempre se había enorgullecido de anteponer a su familia, pero de nuevo, Marielle se interponía.

Por fin contestó los mensajes de Bianca. Decir que su hermana estaba enfadada después de ver su foto besándose con Marielle era un eufemismo. Le había contado con todo lujo de detalles lo que

147

había pasado con José. Íñigo se había quedado muy afectado. Por un lado estaba muy enfadado por cómo se había comportado José con Bianca. Pero por otro, cada vez que miraba a Marielle le resultaba difícil imaginar que detrás del dolor y la culpa que veía en sus ojos cada vez que mencionaba a José pudiera haber maldad.

Necesitaba respuestas y por eso le había pedido que se reuniera con él a pesar de que habían quedado en que no volverían a verse. Quería averiguar si era una mujer despiadada o la víctima de José. Había presenciado cómo José había empleado su encanto para ganarse a los oficiales de las carreras. A Íñigo siempre le había fascinado y de pequeño había querido ser como él. Pero ahora... Había empezado a pensar que su ídolo tenía los pies de barro.

—Creo que nunca había estado con un hombre con el que hubiera hablado tanto —dijo Marielle—. Estás muy serio esta mañana.

—Tengo muchas cosas en la cabeza. Y me estaba fijando en este sitio. No tenemos restaurantes así en Cole´s Hill.

—Mi familia lleva años viniendo aquí para disfrutar del *brunch*. Cuando terminemos de comer, te enseñaré el retrato que cuelga en uno de los salones de mis abuelos paternos con los dueños originales.

—Encanto. La familia es importante para ti, ¿verdad? —preguntó Íñigo, mientras uno de los camareros les servía café.

—Me gustaría decir que no, pero no es cierto. Por mucho que intente sacar de quicio a mis padres, la verdad es que los quiero mucho.

–¿Les sorprendió tu relación con José?

Ella ladeó la cabeza.

–¿Vamos a hablar de eso otra vez?

–Creo que debemos hacerlo.

Siempre había sido muy directo y no iba a cambiar ahora. Quería comprenderla, reconciliarse con la mujer que había estado en su cama en Nochevieja y la que había descubierto a la mañana siguiente.

–Por supuesto que no lo hice para fastidiar a mis padres –explicó Marielle y se encogió de hombros–. Me dijo que su matrimonio había terminado. Nunca me habría liado con él si no le hubiera creído.

–¿Te arrepientes de lo que tuviste con él ahora que conoces a Bianca?

–¿Cómo puedes preguntarme eso? Ya te he dicho lo mal que me siento.

–Bianca ha visto una foto nuestra besándonos al salir del club la otra noche y no está muy contenta. Me ha estado contando más cosas sobre lo que pasó.

–¿Ah, sí? No olvides que toda historia tiene dos versiones. Pero no la culpo. Nos mintió a las dos.

Íñigo sintió rabia. El hecho de que Marielle no se sintiera avergonzada de sus actos le hacía pensar que la atracción que sentía por ella era un espejismo. Tal vez estaba viendo en ella algo que no era real.

Sexo. No podía olvidar que antes de Marielle había pasado un año sin acostarse con nadie. Tal vez eso explicara su obsesión por ella.

–Pensaba que mostrarías arrepentimiento. Estaba embarazada.

–Solo puedo responder por mí. Me enfadé mucho y puse fin a lo mío con José cuando descubrí que me estaba mintiendo –dijo y apartó la vista mordiéndose los labios–. Me hizo muchas promesas, pero no era un hombre de palabra.

Eso no encajaba con el José que conocía, pero Íñigo había descubierto después de la muerte de su mentor que había mucho que no había sabido de él. Solo se había fijado en el talento de José como piloto y en su deseo de llegar a ser el mejor, lo había emulado.

Por otro lado, tenía la sensación de que no conocía a Marielle. Se mostraba insensible hacia Bianca y no parecía sentirse responsable de las consecuencias de aquella aventura que había dejado desolada a su hermana. Íñigo se preguntó si Marielle sentiría empatía por Bianca si alguien la tratara de la misma forma.

Lo peor de todo era que Íñigo seguía deseándola. ¿Podría tenerla o debía vengar a su hermana? Se había quedado tan afectado después de su llamada con Bianca que ni siquiera se había parado a pensar cómo podía afectar todo aquello a su forma de conducir.

–¿Me has invitado para hablar del pasado? Porque si es así, ya hemos terminado –dijo Marielle moviéndose incómoda en su silla, como si estuviera a punto de levantarse y marcharse.

–No, de lo que quiero hablar es del futuro –dijo Íñigo, deteniéndola–. Necesito volver a tenerte.

Marielle llegó veinte minutos antes a su cena con Íñigo, algo que no era usual en ella. Había estado a punto de pedirle al conductor que diera unas vueltas a la manzana para no llegar pronto. Estaba nerviosa.

¿Qué más daba?

Era un hombre más.

No había sido capaz de negarse cuando le había dicho que quería pasar más tiempo con ella. Se arrepentía de haber cedido a la tentación y sabía que por la tensión que había entre ella y Bianca, aquello no duraría. Pero no podía engañarse. Echaba de menos a Íñigo. Tenía que ver a dónde les llevaba aquello, aunque no terminara bien.

Miró su teléfono y decidió aprovechar para subir algo a su canal en las redes sociales. Su mánager le había dicho que sus vídeos en directo eran los más vistos.

Respiró hondo y le pidió al conductor que parara. Le resultaba fácil mostrar en las redes sociales una vida más idílica de lo que era en la realidad.

El restaurante que Íñigo había elegido era muy conocido y había gente esperando fuera. Nevaba ligeramente y todo resultaba demasiado perfecto. Hacía una romántica noche de invierno. Había una fila de carruajes esperando para llevar de paseo a las parejas por Central Park y aprovechó para sacarlos de fondo. Luego se colocó buscando la mejor luz para el vídeo.

Respiró hondo y encendió la cámara. Esperó un momento, sonrió al objetivo y comenzó la trasmisión.

—Hola a todos. Hace una noche perfecta para el amor. Estoy en Central Park esperando a mi cita y han empezado a caer unos copos. Antes evitaba la nieve. Me preocupaba que me encrespara el pelo o que me dejara manchas blancas en la ropa.

Echó la cabeza hacia atrás y dejó que los copos cayeran sobre su rostro.

—Ahora, cada vez que pienso en todos los momentos como este que me he perdido, me arrepiento. Estaba tan obsesionada con conseguir la foto perfecta para compartirla, para que todo el mundo pensara que llevaba una vida mejor de la que en realidad tenía, que no disfrutaba. Estaba actuando y no era feliz. Espero que si estás viendo esto, salgas fuera. Ve y disfruta la noche estés donde estés y no te preocupes si no es perfecta. Da igual que se te rice el pelo o que se te llenen de barro las botas. ¿Estás con la persona que amas, con alguien que te hace reír? ¿O acaso estás solo disfrutando de lo que te ofrece la noche?

Se dio cuenta de que había gente observándola y sonrió dando vueltas bajo la nieve.

—No permitas que nadie te robe la alegría esta noche.

Apagó la cámara y volvió al restaurante. Fue entonces cuando vio a Íñigo a unos metros, con un abrigo de lana negro. Estaba observándola. Sabía que su aspecto no era tan bueno como el de hacía unos minutos y probablemente tendría las mejillas sonrosadas del frío. Pero la nieve y aquella atmósfera mágica le habían calmado los nervios.

Había descubierto que si prescindía de buscar la perfección, encontraba una satisfacción que nunca antes había conocido.

—Hola, Fittipaldi. Parece que esta noche te he sacado ventaja.

Le sonrió y no dijo nada al acercarse a ella y tomarla entre sus brazos para besarla. Fue un beso cálido y apasionado, todo lo que siempre había querido y nunca había tenido.

Vio los flashes de los paparazis detrás de él y no le importó por ella, pero sí por Bianca, que no tenía por qué ver aquello. La incipiente relación con Íñigo no necesitaba más atención. Deseó poder ignorarlos y recrearse en el hecho de que por primera vez en su vida se estaba comportando con naturalidad. No estaba fingiendo llevar una vida feliz, sino disfrutando la vida.

Al igual que estaba disfrutando de aquel hombre, al que no debería estar besando. Pero era perfecto para una noche como la que hacía.

Tomó su rostro entre las manos y el beso se volvió más apasionado. Íñigo la hizo echarse hacia atrás, sin romper el beso, antes de levantar la cabeza y mirarla a los ojos.

—Más vale que les demos un buen ángulo para las fotos —ironizó Íñigo.

—Sí, más vale —dijo ella, confiando en no arrepentirse por mostrarse en público con Íñigo.

Pero de alguna manera, aquello era diferente. En su estilo de vida se unían el lujo y la autenticidad.

Respiró hondo y sintió que algo en lo más profundo de su interior empezaba a cambiar. Ya no sentía aquel rincón frío y solitario que la había acompañado la mayor parte de su vida.

Íñigo entrelazó los dedos a los suyos y se dirigieron al restaurante. Marielle era consciente de que había gente mirándolos y por primera vez se dio cuenta de que era el centro de atención, pero no por destacar.

—Hacen una pareja encantadora –les dijo una anciana al pasar.

Miró de soslayo a Íñigo para ver cómo se tomaba el comentario y le pareció que le agradaba. Quizá aquello fuera algo más que sexo.

Después de la cena, Íñigo seguía sin saber cómo proceder con Marielle. Era divertida, irreverente y a veces hacía cosas que lo sorprendían y lo excitaban, como acariciarle la pierna hasta la ingle mientras el camarero les tomaba nota.

Pero a la vez, no podía olvidarse de Bianca y de lo que había pasado entre Marielle y José. ¿Sería realmente tan frívola y desalmada como se estaba comportando en aquella situación? ¿Debería comportarse con Bianca como un hermano protector en vez de mostrarse… indiferente a lo que estaba pasando?

Pero Marielle lo tenía atrapado en una red sensual. Sin pretenderlo, había acabado deslizando la mano por su muslo mientras habían compartido aquel postre tan delicioso. Cuando pagó la cuenta y salieron en busca del coche que los esperaba, ya no pensaba en Bianca ni en venganzas. Llevado por la pasión, tomó a Marielle entre sus brazos, deslizó una mano bajo su abrigo para estrecharla contra él y la besó. Llevaba toda la noche deseando hacerlo.

Los destellos de las cámaras de los paparazis que habían estado persiguiéndoles se dispararon, sacándolo de la nube sensual en la que se encontraba. Levantó la cabeza y miró a Marielle. Volvió a sentirse como antes de hablar con Bianca. No podía seguir con aquel plan perverso. No podía hacer daño a Marielle como había planeado. Su idea de hacerla sufrir después de seducirla no le brindaría ningún consuelo ni traería a su hermana la paz que necesitaba.

Su familia iba a ver aquellas fotos y tendría que lidiar con las consecuencias. Había pensado en usarlos como parte de su plan para romper con ella en público y hacerle pasar un mal rato, pero no tenía ninguna intención de seguir adelante.

—¿Qué pasa, Fittipaldi? —le preguntó Marielle una vez en el coche.

El apodo que usaba para referirse a él a punto estuvo de hacerle sonreír.

—No puedo seguir haciendo esto. Creo que mi hermana y tú tenéis que hablar.

Se separó de él y se volvió para mirar por la ventana. Las luces de la ciudad iluminaban su reflejo, y lo que veía le hizo a Íñigo darse cuenta de lo difícil que iba a ser.

—¿Por qué? ¿Para qué servirá?

—Me gustas, Marielle —admitió—. Y no solo por esos tiempos que he hecho al volante. No quiero que esto sea una simple aventura, pero no puede ser más a menos que Bianca y tú lleguéis a algún tipo de entendimiento.

—¿Entendimiento? —repitió, volviéndose hacia él—. No le robé a su marido. Él me dijo que su matrimonio había acabado. No creo que le deba nada.

—Ella no lo ve de esa manera —dijo Íñigo.

Se sentía desolado. ¿Cómo era posible que Marielle no se diera cuenta?

—No me importa. No digo que no haya cometido errores en mi vida, pero estoy cansada de disculparme por todo.

—No es eso lo que te estoy pidiendo que hagas —dijo Íñigo—. Olvida lo que he dicho.

Aquello no iba como esperaba.

—¿Cómo voy a poder olvidarlo? Es algo que siempre está entre nosotros. Como has dicho, no hay forma de superar esto. El único que podría haber enderezado esto está muerto. Solo sabemos lo que nos contó.

Tenía razón, pero Íñigo veía imposible continuar aquella relación sin hacer daño a su hermana.

Marielle bajó el cristal que separaba la parte delantera de la trasera.

—¿Podría llevarme a mi casa?

Le dijo su dirección y el conductor cambió de carril para dirigirse hacia allí. Marielle volvió a subir el cristal.

—Creo que tenemos que tomarnos un descanso para pensar qué podemos hacer.

Él asintió.

—Tengo que ir a Texas para entrenar en el circuito de Austin. Volveré en febrero y me quedaré una semana antes de marcharme a Melbourne.

—Yo también tengo que concentrarme en mi carrera. Está empezando a despegar y, por mucho que me guste esto, quiero ver de lo que soy capaz.

—Muy bien. Te llamaré cuando vuelva a la ciudad —dijo él.

—De acuerdo.

Permanecieron en silencio el resto del trayecto y cuando el coche se detuvo ante su edificio, le puso una mano en el brazo para evitar que se bajara y rodeara el coche para abrirle la puerta.

—Despidámonos aquí. Ha sido divertido.

¿Divertido?

—De acuerdo.

Era todo lo que podía decir. Se le ocurrían muchos adjetivos para describir el tiempo que habían pasado juntos y divertido no era uno de ellos. Había sido mucho más desde el momento en que la había visto en la fiesta de Nochevieja de Scarlet. Pero ahora, todo había acabado. A pesar de lo que habían dicho, aquel era un adiós para siempre e iba a tener que dejarla marchar.

El ambiente romántico de la noche se había desvanecido. Fin de los copos de nieve y de los besos por sorpresa.

Marielle entró en el vestíbulo de su edificio sin volver la vista atrás, y el conductor volvió a mezclarse entre el tráfico para llevarlo a casa. Íñigo echó la cabeza hacia atrás y trató de convencerse de que era lo mejor, pero sentía que había cometido un error. ¿Qué otra cosa podía hacer?

Marielle no veía la manera de hacer las paces con Bianca, pero ¿sería por eso por lo que se había marchado o porque no sentía nada por él? Tal vez la había presionado para conseguir algo que ella no quería.

Cuando llegó a su edificio y entró en el vestíbulo, Dante lo estaba esperando. Habían quedado en reunirse en su casa para revisar los resultados de los últimos entrenamientos. Se alegró de ver a su amigo e ingeniero jefe. Tenía que concentrarse en el trabajo.

—¿Tienes un momento para hablar?

–¿De la nueva configuración? –preguntó Íñigo.

Necesitaba hablar de carreras y quitarse de la cabeza a Marielle y a lo que podía haber sido.

–Sí, claro, ¿de qué otra cosa iba a querer hablar?

Dante se quedó un poco extrañado, pero enseguida empezó a hablar de los cambios en la configuración y en el motor, e Íñigo se relajó. Tal vez le había afectado demasiado que Marielle le hubiera dicho que lo suyo había sido simplemente divertido, justo después de haberse dado cuenta de que él deseaba mucho más.

Capítulo Catorce

–Hola, Íñigo, soy Derek. Cuando tengas un momento, ¿podrías llamarme? Hay algo de lo que tengo que hablar contigo. Estoy de guardia esta mañana y tengo una operación, pero puedes dejarme un mensaje en el buzón de voz o con mi secretaria. Se trata de algo importante.

Íñigo guardó el mensaje. Le preocupaba que le hubiera pasado algo a Bianca, así que marcó el teléfono de Derek, pero le saltó el buzón.

–Hola, Derek. Llámame cuando escuches esto. Dejaré el teléfono encendido y le pediré a alguno de los ingenieros que me avise si estoy en el simulador.

Colgó y se frotó el cuello. No pudo quitarse a su hermana de la cabeza. Quería hablar con ella de Marielle. Aunque seguía sin mostrar arrepentimiento por haber sido la amante de José, se estaba enamorando de ella. Quería que formara parte de su vida y sabía que no sería posible hasta que encontrase la manera de que hubiera paz entre su hermana y Marielle. Pero el momento no era bueno. Bianca estaba en su tercer trimestre de embarazo y si Derek le había llamado, debían de ser malas noticias. Mandó un mensaje de texto a su padre, preguntándole si Bianca estaba bien. Estaba nervioso y la vista se le nubló antes de recibir la respuesta de su padre.

–Hola, hijo. Anoche cenamos con ella y estaba bien. ¿Sabes algo? ¿Quieres que vaya a su casa?

Si le hubiera pasado algo, sus padres lo sabrían. Tal vez Derek lo había llamado para otra cosa. Jugueteó con el teléfono entre las manos, tratando de decidir qué responder a su padre.

–Era por si sabíais algo, no quiero molestar a Bianca.

–¿Qué tal van los entrenamientos?

–Muy bien. Las nuevas instalaciones son estupendas. A finales de febrero, nos iremos a Melbourne.

–Mamá y yo queremos verte antes de que te vayas.

–Cuenta con ello. Tengo que ir a Austin a entrenar en el circuito. Nos veremos entonces. Te quiero.

–Yo también te quiero.

–Íñigo, ¿listo para probar la nueva configuración? –preguntó Keke.

–Sí, lo siento –dijo Íñigo acercándose a la mesa de Dante, en donde Keke esperaba–. Dante, encárgate de mi teléfono. Mi cuñado me ha dejado un mensaje durante la última carrera, y parecía urgente. Si vuelve a llamar, ¿podrías contestar y sacarme del simulador?

–¿Se trata de tu hermana? –preguntó Keke, apoyando la mano en el hombro de su amigo.

–No estoy seguro, pero no quiero perderme ninguna llamada. Si estuviera de parto o hubiera pasado algo, mis padres lo sabrían, pero eso no significa nada –dijo Íñigo.

–Cuenta con nosotros. ¿Estás listo?

Asintió. No iba a permitir que aquello le impidiera hacer una buena carrera. Se había dado cuenta de que según había ido avanzando su relación con Marielle, había encontrado la manera de despejar la mente y conducir más deprisa. En parte se debía al recuerdo de tenerla entre sus brazos, pero sobre todo a que le ayudaba a despejar la mente. Incluso con las complicaciones de su pasado con su hermana, le había dado algo que lo ilusionaba y que nunca antes había tenido.

Realizó la carrera. Sabía que técnicamente lo había hecho todo bien, pero estaba seguro de que su tiempo no había sido bueno. Cuando salió del simulador y vio las expresiones de Keke y Dante, supo que no se había equivocado. Le dijeron que se tomara un respiro y que volviera después de hablar con su cuñado.

Íñigo salió. Long Island a finales de enero no era precisamente un lugar cálido, pero necesitaba aire fresco para despejarse la cabeza. Estaba preocupado por Bianca y enamorado de Marielle, pero no sabía cómo acortar la distancia entre aquella mujeres ni cómo afectaría su desempeño en la temporada si no lo resolvía.

Lo más fácil sería romper con Marielle, pero sabía que no podía hacerlo. Ya no veía a aquella persona sexy y sonriente que mostraba al resto del mundo, sino a la mujer que había dejado aquella fachada, la que estaba luchando por superar su errores.

Siempre había dedicado todo su tiempo y energía a las carreras, así que no había desperdiciado su juventud de la misma manera que su hermano Mauricio o Marielle. Pero sin las carreras, ¿habría sido diferente a ellos?

Su teléfono sonó y a punto estuvo de caérsele de las manos.

—¿Derek?

—Sí, siento molestarte mientras estás trabajando, Íñigo, pero necesito hablar contigo.

—Cuéntame.

—Hemos visto en internet tus fotos con esa mujer. También aparecen en el *Houston Chronicle*. Bianca está muy afectada, sobre todo después de que te dijera lo mucho que le habían molestado las fotos anteriores.

—Está muy cabreada, ¿no?

—Sí y no la culpo. Sé que no me corresponde pedirte explicaciones sobre a quién estás viendo, pero ¿podrías dejar de hacerlo? —preguntó Derek—. Me oigo decir esto y me siento un estúpido, pero ya conoces a tu hermana. Está asustada y eso no es bueno ni para ella ni para el bebé. Es mi vida y…

Íñigo suspiró. Tal vez debería olvidarse de Marielle. No quería hacer sufrir a su hermana y, además, era una complicación añadida estar con una mujer que le hacía sentir la misma emoción que cuando estaba en las pistas. Era una situación difícil de manejar.

Traicionar a Marielle traería un distanciamiento entre ellos. Eso supondría poner fin a lo que fuera que había entre ellos y no tendría que preocuparse de cómo mantener una relación con Marielle sin que interfiriera en su temporada de carreras. ¿Pero hacerle daño? ¿Podría vivir con eso? Aunque ¿podría vivir en paz consigo mismo si incluyera en la familia a una mujer a la que su hermana no podía soportar? Había empezado aquello en la más absoluta ignorancia sin sospechar que el amor pudiera resultar tan doloroso.

—Lo sé. Te prometo que esta relación no es lo que piensas. No voy a volver a verla. Ha sido… no importa. Nunca le haría daño a Bianca y resulta que Marielle tampoco.

No sabía bien cuál había sido la causa por la que había roto con él, pero iba a tomárselo de esa manera.

La línea telefónica se quedó en silencio. Sentía dolor solo de pronunciar aquellas palabras y sabía que debía hacer algo.

—Iñigo, no creo que eso sea lo que Bianca querría.

—¿Qué es lo que quiere? —le preguntó a Derek.

—Creo que no lo sabe ni ella. Todo sería más fácil si José estuviera todavía por aquí para hablar con él. Creo que lo que más le duele es que nunca tuvo respuestas.

—Estoy de acuerdo. José dejó un lío enorme y todavía seguimos lidiando con las consecuencias.

—Cierto. ¿Te veremos antes de que te vayas a Melbourne?

—Sí —contestó Iñigo—. Espero estar en casa cuando Bianca dé a luz, aprovechando que Moretti me manda a Austin para hacer unas sesiones de entrenamiento.

Después de colgar se volvió y se encontró con Dante allí de pie.

—¿Qué tal van las cosas entre tu hermana y Marielle?

—No demasiado bien. La prensa no deja de publicar la foto del beso a pesar de que no nos hemos visto últimamente. Bianca está molesta y lo único que puedo hacer es mantenerme alejado. Todo es un desastre.

—¿Has dejado de verla? —preguntó Dante.

—Sí, a regañadientes —admitió Íñigo—. ¿Por qué?

Dante se encogió de hombros.

—Puede que comentara algo sobre José, Marielle y tu hermana la otra noche, en un bar.

—¿A qué te refieres?

Aquello no sonaba bien.

—No me acuerdo de todo. Sé que alguien me preguntó sobre Marielle y comenté algo de lo que me dijiste acerca de vengarte. Tío, lo siento. Espero no haber metido la pata.

—Demonios.

—Lo sé.

—Escucha, pase lo que pase, es culpa mía. No debería haberte hablado de eso —dijo Íñigo.

Asumía su error, a diferencia de José, que huía de ellos.

—Confiaste en mí —afirmó Dante—. Debería haberte respaldado.

Asintió y se volvió.

—¿Prefieres que hablemos de carreras en vez de mujeres?

—Sí. De hecho, creo que a partir de ahora me concentraré en los coches. Los entiendo mucho mejor que a las mujeres.

Dante le dio una palmada en el hombro y lo precedió de vuelta al edificio para comentar la configuración del coche. Íñigo pasó el resto de la tarde tratando de concentrarse en el simulador, pero fue incapaz. No pudo dejar de pensar en el dolor que había percibido en la voz de Derek y en el que podía causarle a Marielle si no encontraba pronto una solución. Era consciente de que consideraba el amor de una manera un tanto infantil. Había pensando que podía seducir a una mujer compleja y salir indemne, sin darse cuenta de que él también podía salir herido.

Completó las vueltas y esta vez mejoró ligeramente sus tiempos, pero no lo suficiente como para satisfacer a Keke. Marco volvería al día siguiente y todo el mundo estaba nervioso deseando ver mejoras en él.

Se metió en su coche y en vez de dirigirse a su casa, puso rumbo hacia los Hamptons. Necesitaba huir, pero sabía que la carretera no aligeraría aquel peso que cargaba sobre los hombros.

Tomó la primera salida y volvió a Nueva York. Había mucho tráfico y cuando aparcó el coche en el garaje de su edificio, estaba enfadado consigo mismo y con Marielle. Si hubiera accedido a encontrarse con él a medio camino, aquello no habría sucedido.

Entró en el vestíbulo y vio a los paparazis esperando, algunos preparados para hacer una conexión en directo. Querían una historia y estaban dispuestos a lo que fuera por conseguirlo.

—¿Es cierto que tiene una relación con la amante de José Ruiz?

Íñigo se quedó de piedra, mirando fijamente al hombre que le había hecho la pregunta. ¿Cómo lo sabía? El nombre de Marielle nunca había salido en prensa. Dante le había contado que lo había mencionado en un bar, estando bebido. ¿Con quién había estado hablando?

—Se trata de Marielle Bisset, ¿verdad? —insistió el reportero.

—No puedo…

—¿No puede o no quiere? Su hermana era su esposa, ¿no? ¿Cómo ha acabado con la misma mujer? ¿Acaso tiene predilección por los pilotos?

—Deje de hacer preguntas. Nos está ofendiendo a ella y a mí.

Pasó por delante de los periodistas y se dirigió a los ascensores.

—Pero fue amante de José, ¿no es cierto?

Íñigo apretó la mandíbula para evitar contestar y esperó a que las puertas del ascensor se abrieran. Una vez en el interior, apretó el botón de su piso. Cuando las puertas se cerraron, dio un puñetazo a la pared. No sabía qué historia iban a contar. Debería llamar a Marielle y a su hermana y explicarles a ambas lo que estaba pasando.

Pero al mismo tiempo no quería hablar con ninguna de ellas. Sabía que solo él era responsable de aquello. No debería haber tenido una segunda cita con Marielle ni haberse acostado con ella. Debería haberse olvidado de ella en vez de enamorarse.

Ya nunca la tendría. Era imposible dar marcha atrás a aquello.

¿Pero cómo se habían enterado de lo de José? No se lo había contado a nadie. ¿Se habría ido de la lengua Dante? Era al único al que le había contado toda la historia. Sabía que no podía ser Bianca, Derek ni Marielle, y menos aún Siobahn o Scarlet. La única persona que conocía todos los detalles era Dante.

Sacó el teléfono y llamó al jefe de ingenieros.

—¿Has hablado con la prensa? —le preguntó a Dante nada más contestar.

—¿De qué estás hablando?

—¿Les has contado lo de Marielle y José? —dijo entrando en su apartamento, y lanzó las llaves con todas sus fuerzas contra la pared.

—Es posible. Ya te conté que estaba bebido y sé que no es excusa. Lo siento. No era mi intención que pasara esto.

—Lo sé, pero voy a tener que hacer algo para remediar todo este lío. Mi sobrino no sabe nada de su padre. Sí, ya sé que solo tiene cuatro años, pero algún día pondrá su nombre en Google y esto saldrá. Bianca va a tener que seguir leyendo sobre el asunto una y otra vez, y se sentirá humillada. Y Marielle, que había empezado a abrirse hueco en el mundo de las *influencers,* va a tener que empezar de cero. ¿Cómo puedo arreglar todo esto?

—Pensé que Marielle y tú habíais terminado.

—Me he dado cuenta de que no al oír todas esas preguntas. Quiero protegerla —admitió Íñigo, cayendo en la cuenta de que había estado ignorando sus sentimientos.

Amaba a Marielle y deseaba encontrar la manera de poder arreglar todo aquello.

—¿Has visto las noticias? —preguntó el asistente de Marielle al entrar en su habitación a las cinco de la madrugada.

Olía a frío y a recién afeitado, pero tenía el pelo de punta como si no se lo hubiera peinado. Por lo general iba impecable, así que resultaba sorprendente verlo desarreglado.

—¿Qué? No. ¿Qué estás haciendo aquí a esta hora tan intempestiva, PJ?

–Me necesitas –dijo y se sentó al borde de la cama.

Luego, rebuscó entre las sábanas de la cama el mando a distancia. Apuntó hacia la televisión y apretó el botón de encendido.

–Te habría traído algo de beber, pero no quería perder un minuto. Esto es una locura.

Desconcertada, Marielle se volvió hacia la televisión.

–Noticia de última hora. La *influencer* de Living Mari es Marielle Bisset –anunció el presentador.

–Bueno, no pasa nada. Antes o después iba a saberse. Tampoco había que indagar mucho para descubrirlo.

–Sigue mirando.

–Aunque en las redes sociales el canal promueve los buenos propósitos y la vida sana, hemos descubierto que fue la amante del piloto de Fórmula Uno José Ruiz durante los nueve meses que duró el embarazo de Bianca, su esposa. No sé cómo encaja eso en la declaración de principios, pero teniendo en cuenta que es una Bisset no es de extrañar. Dentro de los círculos sociales es conocida por ser irreverente y se rumorea que es la favorita de su padre. Creo que todos recordamos que nació después de un sonado *affaire* que tuvo su padre hace casi treinta años.

¿Pero qué demonios…?

Marielle se cubrió la cabeza con las sábanas. Se le estaba revolviendo el estómago. No había por qué sacar a la luz todos aquellos detalles. Rodó a un lado y abrazó la almohada contra el estómago, deseando ser una mujer capaz de llorar. Pero nunca lo había sido. Tampoco tenía ningún sentido enfadarse puesto que lo que estaban contando era verdad.

¿Cómo se habían enterado?

—Supongo que mi teléfono echa humo.

—Sí —contestó PJ–. ¿Quieres que me ocupe?

—No sé. Tengo que hablar con mis padres. No sé cómo querrán que me ocupe de esto.

—El actual galán de Bisset, el piloto de Fórmula Uno Íñigo Velasquez no ha querido comentar nada –seguía diciendo el presentador.

—Por favor, apaga eso.

PJ hizo lo que le pidió y luego le entregó el teléfono.

—Es tu madre. ¿Quieres que me ocupe?

Marielle le quitó el teléfono de las manos.

—Mamá.

—¿Cómo estás?

Entonces sí que estuvo a punto de llorar. Gracias a Dios, su madre siempre era la primera en ponerse en modo crisis.

—Asustada. Pensé que ese asunto con José estaba enterrado. No tengo ni idea de cómo ha salido a la luz. Lamento que se hayan enterado de que soy una Bisset.

—No es culpa tuya. Carlton está de camino a tu casa y en un rato salgo desde los Hamptons. Vamos a ocuparnos de esto. ¿Tienes idea de quién ha podido filtrarlo?

—No. Muy poca gente sabe lo que hubo entre José y yo.

—La viuda. ¿No me dijiste que la había visto hacía poco?

—Sí —respondió Marielle.

Bianca se había mostrado enfadada y dolida,

pero estaba embarazada y tenía un hijo de cuatro años por el que velar. Aun así, no podía imaginarse a Bianca contando aquello a la prensa.

—¿Sería capaz de una cosa así? —preguntó su madre.

—No lo creo. ¿Tú lo habrías hecho? ¿Habrías dado el nombre de la mujer con la que papá tuvo una aventura?

—No. La odio, ni siquiera soporto oír mencionar su nombre. No quiero descartar a la esposa, la pondremos al final de la lista. ¿Y ese piloto con el que has estado saliendo?

—¿Íñigo? Es su hermano. Estoy segura de que no haría una cosa así.

—¿Tendría algún motivo para hacerlo?

—Me resulta difícil pensar que fuera capaz. Hemos dejado de vernos para evitar hacer daño a otras personas.

—De acuerdo, pero está en la lista. ¿Conoces a alguien que pueda sentir celos de tu éxito? Te va muy bien desde Navidad.

A Marielle no se le ocurrió nadie. No tenía palabras para la emoción que le producía oír a su madre defendiéndola y ayudándola a resolver aquello. Su madre le estaba contando sobre las *influencers* que habían intentado conseguir invitación a su fiesta cuando Marielle empezó a llorar. Daba igual quién hubiera filtrado aquella información. Por primera vez en su vida, la estaba tratando como a una Bisset, no como la consecuencia de los deslices de su padre. Nunca habría imaginado que aquello pudiera afectarle tanto.

—Gracias, mamá.

—De nada. Sé que hemos tenido nuestros desencuentros, pero si alguien pretende hacerte daño, no lo permitiré. Soy una mujer muy poderosa y cuando descubra quién lo ha hecho, lamentará haberte molestado. No hables con nadie hasta que Carlton llegue. Va con alguien especializado en este tipo de situaciones. ¿Está ahí tu asistente?

–Sí, aquí está.

–Deja que sea él el que dé la cara y diga lo que quieras. Estate tranquila hasta que lleguemos. Nos ocuparemos de esto –dijo su madre.

Colgó y se volvió hacia PJ.

–Por fin mamá va a proteger a su pequeña –ironizó el asistente.

–Así es. ¿Quién crees que ha podido hacer esto?

Estaba tratando de pensar en alguien que quisiera perjudicar su carrera. Había que ser muy miserable para hacer algo así y esperaba que no fuera nadie conocido. Le incomodaba pensar que hubiera alguien en su vida capaz de hacerle algo así.

–No tengo ni idea, pero lo descubriremos –dijo PJ.

Capítulo Quince

Íñigo contestó la videollamada sin mirar la pantalla de su móvil. Había dejado un montón de mensajes a Marielle diciéndole que quería explicarse y disculparse, pero parecía que no quería hablar con él. De hecho, el portavoz de su familia le había enviado un mensaje pidiéndole que dejara de llamar.

—¿Qué has hecho?

—Nada, no he sido yo —respondió Íñigo a Bianca.

Era evidente que estaba muy disgustada.

—Cole´s Hill está lleno de periodistas, algo que no había pasado desde la boda de Hunter. A nadie le agrada y todo el mundo, literalmente todo el mundo, me mira con cara de pena. De la noche a la mañana he pasado de ser envidiada a alguien por quien todo el mundo se compadece.

—Creo que estás exagerando —dijo Íñigo.

No había acabado de pronunciar aquellas palabras cuando Derek le estaba haciendo una señal para que se callara.

—¿Así que crees que estoy exagerando?

—No, no es eso. Escucha, Bianca, no he sido yo. Alguien de mi equipo de Moretti Motors ha debido de filtrar la información. El día de Año Nuevo decidí vengarme en tu nombre. Pero cuando conocí a Marielle, no pude… Bueno, no importa.

Ni siquiera contesta mis llamadas. Le he pedido a Alec que investigue qué ha pasado. Nadie como él para seguir cualquier rastro de información en internet. Siento todos los problemas que os está causando a ti y a Marielle. Por lo que tengo entendido, José también la mintió a ella. No sabía que seguía casado cuando estuvo con él.

Bianca apretó los labios y luego asintió.

—Tienes razón. Todo esto es un desastre, pero vamos a asegurarnos de que la persona que lo ha provocado no vuelva a entrometerse.

—Desde luego. ¿Estás bien? ¿Qué tal está el bebé?

—Bien, estoy bien. El bebé es tan terco como Derek y parece que se niega a salir. El viernes van a inducirme el parto.

—Te quiero, Bianca. Estaré ahí el viernes si todavía soy bienvenido. No sabes cuánto lamento lo que está pasando.

—Por supuesto que eres bienvenido, eres mi hermano pequeño. No es culpa tuya, Íñigo, y por mucho que quiera culpar a Marielle, tampoco es de ella. Ambas seguimos soportando el dolor que causó José a pesar de que lleva años muerto. Por supuesto que es terrible que todo el mundo sepa que me engañó, pero tengo a mi lado a un hombre al que adoro y lo superaré.

Sonrió a la vez que Derek abrazaba a su hermana y la besaba. Tenían lo que él deseaba, lo que esperaba encontrar con Marielle. Se había puesto un millón de excusas para explicarse por qué lo atraía tanto, pero lo cierto era que la amaba. Seguramente se había enamorado en el momento en que lo había pillado observándola mientras su padre lo animaba a que se acercara a hablar con ella.

—¿Cómo lleva Marielle todo esto? —preguntó Bianca después de una larga pausa.

—No lo sé. No quiere hablar conmigo.

Bianca suspiró.

—¿Por qué? ¿Qué ha pasado?

—No podía seguir viéndola si… No importa.

No quería contarle a su hermana que había roto con Marielle para no causarle más dolor.

—¿Ha sido por mí? ¿Has roto con ella porque te pedí que dejaras de verla? Lo siento. Sé que estaba asustada, pero todos estos rumores malintencionados me han hecho darme cuenta de que mi vida es mucho mejor ahora. Y apuesto a que Marielle le pasa lo mismo. Recuerdo que ella tenía veintiún años cuando estuvo con José.

—Gracias, Bianca, significa mucho para mí. Pero el problema con Marielle es mío. Tú fuiste víctima de las mentiras de José y de la ingenuidad de Marielle.

—Bueno, resuélvelo —dijo Bianca—. ¿La amas?

Asintió con la cabeza.

—No sé cómo arreglar esto.

—Si la amas, deberías ir y decirle que has sido un idiota y que tenía razón en que…

—Déjame a mí —dijo Derek, quitándole el teléfono a su esposa.

—¿Crees que sabes más que yo?

—No, pero soy hombre y sé lo que es ganarse a una mujer obstinada.

—¿Obstinada, yo?

—Sí, anda ve —dijo y le dio un beso antes de echarla de la habitación.

Íñigo no estaba seguro de que Derek pudiera darle algún consejo de utilidad. Él también había cometido errores. Derek era más maduro, quizá demasiado para estar dándole consejos.

—Te lo agradezco, pero puedo encargarme.

Su cuñado rio y sacudió la cabeza.

—¿Que puedes encargarte? Cuéntame qué piensas hacer.

—Descubrir el origen de la filtración y poner remedio. Una vez todo se haya calmado, hablaré con ella e intentaré que vuelva conmigo.

—Eres un idiota —dijo Derek.

—¡Eh!

—Sé que solo soy tu cuñado, pero te lo digo con cariño. No puedes perder tiempo. Ve y habla con ella, dile lo que sientes y lo mucho que deseas tenerla a tu lado.

Se quedó mirando a Derek. ¿Funcionaría?

—¿Y si me dice que me olvide?

—Entonces esperas unos días y vuelves a la carga. Es lo que hizo tu hermano mayor con Hadley hasta que lo perdonó. Te diré algo que he aprendido de tu hermana. Cuanto más profundo es el dolor, más te tienes que asegurar de que sepa lo enamorado que estás de ella. Si no puedes hacerlo, si no sientes que te cuesta respirar ante la idea de pasar el resto de tu vida sin ella, entonces déjala marchar.

Íñigo asintió. Era así como se sentía.

—Gracias.

—De nada. Si me necesitas, cuenta conmigo.

—Gracias, Derek. Mantenme informado si hay novedades del bebé —dijo y colgó.

Necesitaba un plan.

La playa estaba desierta mientras Marielle y su padre paseaban. Era finales de enero.

Su madre había decidido que necesitaban aislarse en la casa familiar de los Hamptons después de tener que abrirse paso entre los paparazis para salir de su edificio. Hacía tres días que habían llegado y Marielle seguía recuperándose y también disfrutando del cariño con el que su madre la colmaba.

Habían salido a pasear mientras su padre y Carlton estaban reunidos, decidiendo cuál era la mejor manera de proceder. En el pasado se habría recluido en su habitación sintiéndose asustada y culpable, pero ya no. Por primera vez, Marielle se estaba dando cuenta de lo significaba ser una Bisset y tener a toda la familia respaldándola. Había pasado la mayor parte de su vida renegando de su apellido y desvinculándose de ellos. Pero tener a Carlton lidiando con todo aquel desastre era una bendición.

Siobahn la había llevado a casa de sus padres y se había quedado dos días antes de volver a Nueva York en vísperas de publicar otro sencillo. Sus hermanos se habían congregado a su alrededor y su padre había puesto a trabajar a su equipo legal para tomar medidas contra quien hubiera filtrado la información.

Su madre había sido la mayor sorpresa. Desde que habían llegado a los Hamptons, habían pasado muchas horas juntas en la playa. Su madre no hablaba mucho, se limitaba a tomarle la mano y escuchar. Esa relación, ese vínculo, era algo que nunca había echado en falta hasta ahora.

Durante el paseo de ese día, su madre le había dejado hablar de José y de su relación, y la había animado a descubrir cuáles eran sus sentimientos por Íñigo.

—Eras una jovencita que tomó una decisión equivocada, pero ahora eres toda una mujer. Cuando tu padre tuvo aquella aventura, tuve que asumir mi papel. No estoy diciendo que fuera culpa mía que me engañara. Pero… esta es la parte complicada. De alguna manera, me gustó que no estuviera y que yo pudiera ocuparme de los chicos. Siempre estaba discutiendo con Leo y no me agradaba.

—Siguen sin llevarse bien. ¿Por qué?

—Porque son muy parecidos. No sé qué tenía José en la cabeza y nunca lo sabremos, porque ya no está entre nosotros para explicárnoslo. El único consejo que puedo darte es que no remuevas el pasado. Ya no puede hacerte más daño. Tienes una carrera que sobrevivirá a todo esto.

—Gracias, mamá —dijo y abrazó a su madre.

—Y acerca de Íñigo…

—¿Qué pasa con él? Su hermana no me perdonará nunca.

—¿Es eso lo que os mantiene separados?

¿Sería eso? Íñigo tenía una vida y una agenda muy intensas. Le había pedido que le diera una oportunidad para tener una relación, pero nunca se le habían dado bien. Su hermana complicaba las cosas, pero era la idea de hacer daño a Íñigo lo que le impedía acercarse.

Tal vez se había enamorado de él, pero la veía

como a su amuleto de la buena suerte, alguien que podía ayudarle a ganar. ¿Y si ya no podía hacerlo? ¿Y si no era suficiente?

—No. Soy yo. No sé si alguna vez seré suficiente para él.

—¿Te hace sentir inferior? —le preguntó su madre—. No lo conozco. He estado preguntando por ahí, y he oído cosas muy buenas, pero nunca es lo mismo que conocer a alguien íntimamente. En privado, la vida siempre es diferente.

Marielle tomó a su madre del brazo.

—Nunca me ha hecho sentir inferior. De hecho, siendo sincera, hace que me sienta bien sacando mi verdadero yo. ¿Sabes a lo que me refiero?

Su madre se quedó observándola con la cabeza ladeada.

—¿Tu verdadero yo?

—Sí —replicó Marielle—. Ya sabes que a veces hago cosas sin darle más vueltas. Bueno, es lo que me pasa con Íñigo.

Dejó de caminar. Acababa de caer en la cuenta de que había dicho que no tenían una relación no porque no estuviera segura de él, sino porque no estaba segura de sí misma. No estaba convencida de que le gustara y sabía que era porque a ella tampoco le agradaba la mujer que había sido. Pero desde Nochevieja, desde aquella primera noche que habían pasado juntos, había cambiado. Todo había empezado poco antes, cuando había dejado de fingir llevar una vida feliz y había empezado a compartir comentarios más sinceros en las redes sociales.

Íñigo había conocido su verdadero yo y le había gustado.

–Bien, eso es lo que me gusta oír. No se supone que debería contarte esto, pero ha llamado todos los días desde que se conoció la historia y quiere verte –dijo su madre.

–¿Por qué no se supone que deberías contármelo?

–Carlton nos dijo que no tuviéramos contacto con la familia de la esposa de José. Tu padre se mostró de acuerdo, pero yo quería hablar contigo antes. No quiero decir que él no te apoye, ya sabes que te daría la luna. Es solo que no está seguro de si este Íñigo te conviene y, francamente, yo tampoco.

No pudo evitar que los ojos se le llenaran de lágrimas y parpadeó para impedir que rodaran. Por primera vez sentía el amor de sus padres. Ya no era aquel bebé de consolación, ni la hija que no habían deseado pero que habían tenido para superar el escándalo. Aquello significaba mucho más de lo que nunca habría imaginado.

Su madre la abrazó y luego se secó sus propios ojos.

–Lamento que hayamos tardado tanto tiempo en tener esta conversación.

–Yo también –admitió Marielle.

A Íñigo no le había gustado recurrir a sus hermanos para pedir consejo, pero al final había tenido que hacerlo. No le había quedado otra opción. Había viajado a Cole´s Hill para el nacimiento de su sobrina, Aurora, y había acabado teniendo una charla familiar sobre cómo recuperar a Marielle. Los hermanos de Derek también estaban allí, por lo que había recibido muchos más consejos de los que necesitaba. Su hermano Mauricio y Nate Caruthers habían coincidido en que tenía que llevarse a Marielle a la cama cuanto antes.

—Recuérdale lo buena pareja que hacéis, a menos que no sea así. ¿Ese no será el problema, verdad? —le había preguntado Mauricio.

Aquello había dado lugar a una discusión divertida.

Derek y su hermano Alec le habían recomendado que fuera sincero y que hablara con el corazón. Ethan había bromeado diciendo que al menos sabían que nadie regresaba de entre los muertos. El exnovio de su esposa había sido dado por muerto después de un accidente de avión, pero luego resultó que había sobrevivido. Su regreso había obligado a Ethan a reconocer que amaba a Crisanne.

Había sido Diego quien le había dado el mejor consejo de vuelta a Nueva York desde Cole´s Hill en el avión privado.

—Retoma lo vuestro desde el principio. Demuéstrale cuánto la amas y lo que significa para ti haberla conocido. No es fácil mostrarse vulnerable ante una mujer, pero si sabe que la llevas en el corazón, todo es más sencillo.

Así que allí estaba, en la mansión O´Malley con el personal de servicio esperando a que Marielle aceptara la invitación de Scarlet a una fiesta imaginaria. Scarlet había aceptado tenderla una trampa a su amiga.

Le había pedido a los empleados que la condujeran al gran salón con vistas al océano, el lugar donde la había visto por primera vez. La espera se le hizo interminable hasta que por fin oyó el timbre. Entonces, se puso de pie y oyó sus pisadas en el mármol del vestíbulo. No se dio cuenta de que estaba conteniendo la respiración hasta que la vio bajo el marco de la puerta del salón. Entonces, exhaló.

Llevaba su larga melena rubia suelta sobre los hombros. Al subirse las gafas de sol a la cabeza, apartó el pelo de su rostro en forma de corazón. Sus labios generosos y tentadores le recordaron lo mucho que hacía que no la besaba. Sus ojos grises lo observaban contrariados e Íñigo se recordó que haber conseguido que fuera hasta allí había sido el primer paso.

–Parece que he venido engañada a la fiesta –dijo Marielle desde el umbral de la puerta, observándolo.

–Le pedí el favor –dijo Íñigo.

Permaneció unos instantes allí parada mientras él buscaba las palabras adecuadas. ¿Cómo podía arreglar aquello? Ninguno de los consejos que le habían dado le estaban sirviendo. No quería estropear las cosas, pero temía hacerlo.

–¿Por qué estoy aquí? –preguntó.

–Primero de todo, es culpa mía que se supiera lo tuyo con José. Quiero disculparme por ello.

–¿Tú lo filtraste?

–No, pero se lo comenté a alguien de mi equipo y parece que habló con alguien. No hubo mala intención, pero aun así…

–¿No sería Keke, no?

–No. A Elena le caes muy bien y a Keke también. Nunca le haría daño a nadie.

–Ellos también me caen bien –dijo Marielle–.

Gracias por aclararlo. Podías haberme mandado un mensaje diciéndomelo.

—Podría, pero Carlton me pidió que dejara de llamarte y de mandarte mensajes. Pero no te he invitado aquí para eso. Solo quería aclararlo antes de decirte… Bueno, lo que quiero decirte.

Tenía mucho calor y estaba sudando. Ella seguía observándolo atentamente.

—Te escucho.

¿Sería capaz de decirle que la amaba? Tenía que hacerlo. Había ensayado unas cuantas frases románticas, pero en aquel momento, empapado en su propio sudor, era incapaz de recordarlas.

—Te quiero —balbuceó desde el otro extremo de la habitación.

—¿Qué?

—Me estoy liando —dijo, ahuecándose el cuello de la camisa.

Cruzó el salón y se detuvo a pocos metros de ella, en cuanto percibió su perfume y recordó la sensación de tenerla entre sus brazos.

—Te quiero, Marielle. Quería que vinieras porque es aquí donde empecé a enamorarme de ti aquella primera noche que me hiciste una seña para que me acercara.

—¿Ah, sí? —preguntó arqueando una ceja—. Fue tu padre el que te empujó para que te acercaras.

—Solo porque sabía que una vez que me acercara, te quedarías para siempre en mi corazón. Tardé en darme cuenta, pero es la verdad. Te quiero.

Ella esbozó una triste sonrisa.

—Pero a menos que me equivoque, no creo que a Bianca le entusiasme la idea de que forme parte de tu vida, y no la culpo.

–Ella…

–No, no podemos ignorar sus sentimientos. Mi madre me contó que sigue odiando a la mujer con la que mi padre tuvo una aventura, a pesar de todos los años que han pasado. Y eso que no tiene que verla. No es justo para Bianca que forme parte de su vida.

–Temía que dirías eso –admitió–. Tienes un gran corazón. Bianca quería venir conmigo hoy, pero acaba de dar a luz y no puede viajar. Pero te ha mandado un mensaje de vídeo.

Marielle se quedó sorprendida mirándolo y luego asintió con la cabeza.

–¿Qué?

–Escucha el mensaje y luego hablamos –dijo dándole su móvil.

Lo miró dubitativa antes de tocar la pantalla para empezar a ver el vídeo.

–Marielle, siento no estar en persona para hablar contigo –decía Bianca en el vídeo–. Si bien tu aventura con José me dejó devastada cuando ocurrió, ahora tengo una vida mejor rodeada por una familia a la que adoro. Sé que Íñigo no habría seguido viéndote si no hubiera visto algo especial en ti. No estoy diciendo que vayamos a ser íntimas amigas de un día para otro, pero me gustaría conocerte mejor. Te perdono.

El mensaje concluyó y Marielle dejó caer la mano con la que sujetaba el teléfono. Tenía lágrimas en los ojos cuando miró a Íñigo a la cara.

–Gracias por esto –dijo.

–De nada. Te quiero, Marielle, y no hay nada que desee más que formes parte de mi vida. Eso, si tú quieres.

Ella le hizo una seña con el dedo para que se acercara e Íñigo acortó la distancia que los separaba, deteniéndose a unos centímetros. Su corazón albergaba esperanzas.

—Yo también te quiero, Fittipaldi —dijo Marielle.

La tomó en brazos y la besó.

—Sé que no será fácil pero quiero… Quiero que pasemos juntos el resto de nuestras vidas. Ya lo iremos solucionando sobre la marcha.

—Me gusta la idea.

Epílogo

Un año más tarde

El último año en la vida de Íñigo había pasado a toda velocidad. Había ganado varias carreras de la temporada de Fórmula Uno y había terminado dentro de los cinco primeros puestos. Keke y Marco estaban entusiasmados con ese resultado y estaban estudiando la manera de mejorar para la siguiente temporada, pero coincidían en que iba por buen camino. Todo el mundo había dicho que su felicidad fuera de las pistas le había llevado a unos resultados que nunca habría conseguido por sí solo.

Dante había dejado el equipo de Moretti Motors y estaba trabajando para MotoGP. Después de reconocer que había estado bebiendo la noche en que se había ido de la lengua con Curtis Hemlin, otro de los ingenieros del equipo, se había llevado a cabo una investigación. Había resultado ser Curtis el que había filtrado los detalles a la prensa. Había sido despedido y se enfrentaba a cargos penales. Las apuestas de Malcolm habían ayudado a obtener la prueba que necesitaban para demostrar que Curtis era el saboteador. Dante habría ofrecido sus más sinceras disculpas a Marielle y Bianca, e Íñigo se alegraba de que su amigo pudiera tener un nuevo comienzo.

Malcolm y Helena se habían casado en otoño. Prácticamente todo Cole´s Hill había acudido a la boda. Malcolm había escrito sus propios votos e hizo que Helena y todas las mujeres presentes se entusiasmaran con sus palabras. Después de todo por lo que había pasado, parecía un hombre nuevo.

Lo más sorprendente de todo era que su hermana y Marielle se estaban haciendo amigas. Una vez quedó en evidencia la mala conducta de José, las dos mujeres fueron capaces de superar el pasado. Aquello era más de lo que Íñigo había esperado.

En aquel momento era incapaz de apartar la vista de Marielle desde el otro extremo del salón en la fiesta de Nochevieja de Scarlet. Para ella también había sido un año intenso. Había reconocido su aventura con José y su sinceridad le había hecho ganar seguidores. Íñigo estaba asombrado de su habilidad para manejarlo todo.

Destacaba por su altura y también por su larga melena rubia. Llevaba uno de aquellos vestidos que tanto la favorecían, con la espalda al aire, e Íñigo llevaba toda la noche aprovechando para acariciarle la piel desnuda.

Tenía decidido pedirle matrimonio esa noche. El último año los había puesto a prueba y había encontrado la manera de compaginar sus continuos viajes y entrenamientos con el trabajo de ella. Ya había hablado con Keke para en unos años, después de ganar algún campeonato, retirarse y ocupar un cargo de dirección en Moretti Motors.

—Cariño –dijo su madre acercándose y dándole

una copa de champán–, confiaba en no tenerte que decir esto, pero ya es hora de que le pidas matrimonio a Marielle.

–Mamá…

–Pensé que ibas a hacerlo el día de Acción de Gracias, cuando vinisteis a casa.

–Deja que yo me ocupe.

–¿Ocuparte de qué, hijo? Ya sabes que tu madre siempre piensa en lo que es mejor para ti –dijo su padre, apareciendo por detrás y poniéndole la mano en el hombro.

–Por supuesto –intervino su madre–. Tienes que ponerle un anillo en el dedo a Marielle. No creo que esté dispuesta a esperar para siempre.

–Hazle caso, hijo.

–Os quiero a los dos, pero lo haré cuando esté preparado –dijo abrazándolos.

Luego se marchó, incómodo porque le estuvieran presionando en la misma noche en que había decidido proponerle matrimonio.

Hacía tres meses que había comprado el anillo, una pieza exquisita que su cuñada Pippa había diseñado para él y mandado hacer en House of Hamilton, la reputada joyería londinense. Había estado esperando el momento adecuado y había decidido que fuera esa noche.

Marielle lo miró y arqueó las cejas antes de hacerle una seña con el dedo para que se acercara. Íñigo atravesó lentamente el salón y cuando apenas le quedaban unos metros, hincó una rodilla en el suelo.

Ella se quedó mirándolo fijamente.

–Marielle, eres dueña de mi corazón y de mi alma, y no puedo imaginarme la vida sin tenerte a mi lado. ¿Me concederías el gran honor de casarte conmigo?

La música se detuvo y todos se volvieron para mirarlos. Íñigo solo tenía ojos para ella. Era lo único que le importaba en aquel momento y Marielle lo sabía.

—¡Sí!

Él se puso de pie, sacó el anillo y se lo puso en el dedo. Luego la rodeó con sus brazos.

—Te quiero —susurró.

Marielle tomó su rostro entre las manos y lo besó larga y apasionadamente.

—Yo también te quiero.

Resonaron los aplausos y sus familias se acercaron para felicitarlos. Íñigo había vivido a toda velocidad, sin permitir que nada le afectara. Ahora se daba cuenta de que había estado vacía sin la mujer a la que amaba a su lado.

Bianca

El apasionado beso de un desconocido despertó una pasión que no podía rechazar

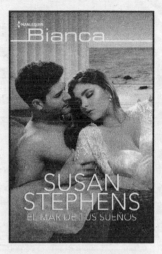

EL MAR DE TUS SUEÑOS

Susan Stephens

Nº 2762

Abandonada en el paraíso, la despreciada novia Kimmie Lancaster tomó la decisión de disfrutar de su luna de miel a toda costa. Pero no sabía que la playa en la que acababa de entrar con sus amigos pertenecía al multimillonario Kristof Kaimos. El magnético carisma de Kristof la animó a hacerle todo tipo de confesiones, avivando un deseo que no había sentido en toda su vida. Y, cuando quiso darse cuenta de lo que pasaba, se descubrió dispuesta a pasar su fracasada noche de bodas con el irresistible griego.

Acepte 2 de nuestras mejores novelas de amor GRATIS

¡Y reciba un regalo sorpresa!

Oferta especial de tiempo limitado

Rellene el cupón y envíelo a

Harlequin Reader Service®
3010 Walden Ave.
P.O. Box 1867
Buffalo, N.Y. 14240-1867

¡Sí! Por favor, envíenme 2 novelas de amor de Harlequin (1 Bianca® y 1 Deseo®) gratis, más el regalo sorpresa. Luego remítanme 4 novelas nuevas todos los meses, las cuales recibiré mucho antes de que aparezcan en librerías, y factúrenme al bajo precio de $3,24 cada una, más $0,25 por envío e impuesto de ventas, si corresponde*. Este es el precio total, y es un ahorro de casi el 20% sobre el precio de portada. !Una oferta excelente! Entiendo que el hecho de aceptar estos libros y el regalo no me obliga en forma alguna a la compra de libros adicionales. Y también que puedo devolver cualquier envío y cancelar en cualquier momento. Aún si decido no comprar ningún otro libro de Harlequin, los 2 libros gratis y el regalo sorpresa son míos para siempre.

416 LBN DU7N

Nombre y apellido	(Por favor, letra de molde)	
Dirección	Apartamento No.	
Ciudad	Estado	Zona postal

Esta oferta se limita a un pedido por hogar y no está disponible para los subscriptores actuales de Deseo® y Bianca®.
*Los términos y precios quedan sujetos a cambios sin aviso previo.
Impuestos de ventas aplican en N.Y.

SPN-03   ©2003 Harlequin Enterprises Limited

Bianca

**Ella le dio un hijo....y conseguiría
convertirla en su reina**

EN EL REINO
DEL DESEO

Clare Connelly

Nº 2764

La vibrante artista Frankie se quedó perpleja cuando el enigmáti-
co desconocido al que había entregado su inocencia reapareció
en su vida. Sus caricias habían sido embriagadoras, sus besos,
pura magia… y su relación había tenido consecuencias que
Frankie no había podido comunicar a Matt porque había sido
imposible localizarlo. Pero no se esperaba recibir una sorpresa
aún mayor: ¡Matt era en realidad el rey Matthias! Y, para reclamar
a su heredero, le exigía que se convirtiera en su reina.

DESEO

*Siempre le había gustado el hermano de su ex,
ahora él la necesitaba, y mucho*

Una antigua
atracción

MAUREEN CHILD

Nº 2134

Cuando Adam Quinn se convirtió en el tutor legal del hijo de su
hermano fallecido, le tocó pedir refuerzos. Y entonces apareció
Sienna West, la inteligente y sexy fotógrafa que había estado
casada con el inútil del hermano de Adam. Sienna se apartó de
la familia Quinn tras el divorcio, pero no podía negarse ante la
necesidad que había en el tono de voz de Adam… o el deseo
que reflejaba su mirada. Un deseo que ya no tenían prohibido
explorar.